紅眼怪客團之
模特惡

喜歡敷面膜保養。
粉色圍裙。
方勤克
Fang chin ke
從事美容相關行業，並在業界占有一席之地。
他善於打扮和運動，
維持不錯的外貌和體格。

月光下散發出
銀色光芒。

高傲不屑的眼神，
藍寶石般的眼眸。

王子 Prince

一隻毛色罕見、看起來極為高貴的貓，
慵懶卻似乎懂得人性。而後被郝仁改名為王子麵。

PRINCE

INDEX

目錄

NO. 1 用回憶來交易

大雨讓濃密的雲層遮蓋住天空，使得夜更黑了。山區一處昏暗的洞穴裡，偶爾傳出水滴打落在石地上的聲響——

「滴答……」

「滴答、滴答。」

靜謐的空氣中隱約透露出一股不尋常的氛圍。

平日這處連飛禽猛獸都不敢靠近的地點，今晚難得出現兩名訪客，他們身上皆披著墨色長袍遮蓋住全身，儘管附近一帶無人煙卻也不敢暴露身分。

走在前頭者舉著火炬照亮前方道路，雙腳踩著天然的石階，崎嶇不平的山路顛簸，讓二人在行進間耗盡全身體力，鼻息間不斷噴出疲累的喘息聲。

「呃～」

「呼～喝～」

終於，他們好不容易來到神秘洞穴的外圍。

「呼……就是這裡。」帶頭者低聲朝後方說明。他一手遮住口鼻默默喘息，一手壓住胸口撫平那狂亂的心跳，不敢打破這片死寂的空氣。

「喔……好累！」走在後頭者忍不住發出抱怨聲，「還好我平常有跑健身房的習慣，不然走這趟驚險的路程早累垮了！」

「噓——閉上嘴巴！你以為這是哪裡！」前行者轉頭輕斥。

「啊！抱歉。」後行者摀住嘴巴不敢再造次。

他出發前已被再三告誡要千萬注意言行舉止，否則觸怒大師極可能受到嚴厲的懲罰。

暗黑的洞穴從外圍看似平靜無異，但仔細瞧不難發現一股隱約波動的晦暗色調。若是雙眼直盯著它，便會出現暈眩嘔吐感，因此熟門熟路的來訪者便會告知新人千萬不能直視洞穴。

終於，帶頭者順了順氣息後開口打破沉默。

「大師，抱歉打擾了，我帶之前向您提到的人過來，懇請您給予指示。」

帶頭者低頭恭敬的詢問，他的視線只敢盯住自己的雙足，顫抖的語調充滿景仰與崇拜。接著，他轉頭用眼神指示後頭那人開口。

「大師您好，我第一次來，很多規矩不太清楚，還請多多原諒。」

一開始洞穴內並未出現任何動靜，依舊只是傳來滴落的水聲。

「滴答……」

「滴答、滴答……」

就這樣過了許久，站在後頭的等候者開始有些不耐，原本站定不動的雙腿因痠痛忍不住扭動，他正想開口催促，然而才發出點氣聲卻遭前頭那人轉頭以眼神和動作嚇阻。

「咳！咳！」

終於洞穴內傳出一道咳嗽聲響，沙啞低沉的嗓音分不出性別及年齡，卻如雷聲般轟隆的迴盪在洞穴內。

「來者目的為何？」

前行者見後方沒回應，立刻再次轉身提醒：「大師在問話，還不趕快回答？」

「喔，是叫我嗎？那、那個……」

此人口中裝了變聲器，看來深怕自己的身分曝光。

「聽說大師非常神，能幫助人們實現願望，所以前來拜託您。我希望未來事業順遂，最好能夠成為我工作領域的頂尖人物，只要能幫我實現夢想，無論要我做什麼或者付出什麼都行，但不知道您到底能幫我到什麼樣的程度，再說……」

「閉嘴！」帶頭者嚴厲的打斷對方的話，「大膽狂徒！竟敢懷疑大師的能力！你到底知不知道這個神聖之處不是任何人能夠輕易來到？若再如此無理，休怪我不客氣！」

「我、我……」這道狂吼讓他瑟縮了下。

「咳！無妨。」洞穴裡再度發出沙啞聲響，「你剛才說，無論要你做什麼或者付出什麼都願意，是嗎？」

「是。不過冒昧請問大師您需要多少錢？只要合理的範圍我都能想辦法籌出來，但希望您能給個寬限期，好讓我去想想辦法。」

「你問我要多少錢嗎？哈哈……」沙啞的笑聲迴盪在洞穴內，狂妄且自大，「這世間多的是錢買不到的東西，給我再多金銀財寶又能如何？」

「所以……」他不懂對方嗤笑的原因，「大師的意思是不需要錢嗎？那麼您需要什麼呢？」

「不如就……回憶好了。」

「回、回憶？」聽到這個意外的答案，蓋在他頭上的斗篷差點滑了下來，「您是說不需要一毛錢，只要我的回憶就好？」

「沒錯，埋藏在你心底那些無法被取代的……最珍貴的回憶……」沙啞的嗓音緩慢的敘述著。

「您的意思是我只要用過去的回憶交換，就能一切心想事成？」他沒想過條件竟如此簡單，「不過大師，我好奇的是，要怎麼把回憶給您呢？」

「咳！若你答應了……那就留下一滴血作為交換契約……」

「血、血嗎？」他不禁愣了一下。雖然怕痛的他有些怯步，不過念頭一轉又忍不住繼續追問：「不過我想請教大師，別人的回憶對您而言有什麼幫助？」

帶頭者急道：「喂！你怎麼能問大師無禮的問題！來到這邊只管考慮接受條件與否，沒必要提出任何問題。」

「無妨，要失去重要的寶物，總不能讓他什麼都不了解吧……咳咳咳……」洞穴內先是發出一連串猛烈的咳嗽聲響後，再次有了回答。

「我曾經因為一場交易，換來永遠無法存留回憶的結果，只能靠著別人的回憶想像……所以從我們立下契約的那一刻起，當你回想起每一段過往的回憶，那段回憶就將屬於我，直到你離開人世前才又回歸於你。咳咳！咳……」

大師的咳嗽聲響不停卻不見虛弱，不知是否因為交易的內容讓他欣喜，他的語調逐漸變得激動高昂。

「不過你放心，絕對不會讓你白白遺失珍貴的寶物。很快的，你將享受所嚮往的名利，並且訝異站上世界頂端竟是如此容易之事……好了，今天就這樣吧！咳、咳……回去好好考慮，若能接受我提出的條件，就回頭再來找我。」

「大師，您說我將會站在世界頂端嗎？」這形容詞讓他眼神發亮，「只要答應您的條件，憑我也能享受這樣的光榮？」

他語調激動的喊著，雀躍的因子在心口發酵蔓延，直到覆蓋了一切理智。

站在世界頂端！

風光的站在世界最頂端……

這世上哪有人不曾夢寐以求能夠爬上這樣的位置？

「咳咳……經歷過一切大風大浪後便不難察覺，在這世上擁有名利和財富其實並非難事。不過我要事先警告你，如果失去珍貴的回憶，那就代表從此以後你的人生將變得不再完整。」

「過去種種的回憶對我而言，到頭來都成了沉重且難以擺脫的包袱……我很想要證明些什麼，但盡了一切努力卻總是摸不著頭緒……說真的，若有些回憶消失了，何嘗不是種解脫……」他低著頭喃喃傾訴著，像是在說服自己胸口那消失後又微微發亮殘留的一絲愧疚感。

「大師！我不需要回去考慮了。」下定決心，他直立起身體，語調中表明出心裡的堅定，「現在就非常確定能跟您簽訂契約，若能如您所言讓我享受站上世界頂端的快樂，那麼過去埋藏在我腦海的回憶，就請您全部笑納吧。」

◆※◆※◆※◆

「等等！我發誓我真的會安魂法力！若你不想讓你心愛的小怪物從此魂飛魄散，那你得相信我。只是怪了……今天法力怎麼會突然失靈咧？」

「什麼！你質疑我的安魂曲？幫幫忙，你去靈界打聽看看我郝仁幫過多少孤魂野鬼免於魂飛魄散，大家都喊我英雄呢！」

「拜託你不要輕易放棄！再給我一次機會，也給這隻怪物一次機會，OK？」

「願死者安息……怎、怎麼回事！為何身體使不上力？昨天出任務時，我明明就輕能輕鬆鬆的施展出安魂法力的，可現在卻連左眼也不見動靜……靠！難道失去法力了？」

柔軟的大床上，一道平躺的身形忽地彈跳了起來。

郝仁倏地睜開眸子，眼皮眨了又眨，並伸手拍了拍自己的臉頰確認。

「會痛，所以只是夢！」

郝仁的腦海迅速回憶起方才的夢境——

他身穿古代衣衫，住在一處偏僻村莊。附近有戶鄰居是一位獨自扶養三名孩童長大的老寡婦，過去辛苦的靠養雞及替人縫補衣服維生，至今孩子們已長大，各自在異鄉工作生活。老寡婦沒了重擔，但她養的雞蛋遠近馳名，許多大戶人家都指名要買她的蛋，因此她還是樂於工作。

某日，寡婦飼養的雞窩裡除了孵出五隻黃絨絨的小雞外，竟然還多了一隻長相奇特的生物。當下寡婦覺得觸霉頭，想要儘快把牠解決掉，正好隔壁村莊的窮書生送了一套衣衫來修補，撞見寡婦正把小怪物丟進麻布袋裡。

窮書生不動聲色的把衣服遞給寡婦，並不好意思的搔了搔頭，如往日般羞赧的告知他身上的銀兩不足，但衣服肩頭處的線頭嚴重鬆脫急需縫補。

寡婦溫和的拍了拍書生的肩，「無所謂！你準備考試只能趁讀書空閒幫人打雜掙些微薄的吃飯錢。不如這樣吧！縣老爺今晚要為他母親舉辦壽宴，說讓我送兩大籃的雞蛋，這一趟去回得花上兩個時辰，你如往常幫我打掃雞舍，然後我再抓一隻雞給你當工資。」

「大娘，這怎麼好意思呢……一隻雞很貴的……」書生垂頭以表感恩，視線不著痕跡的看向在麻布袋裡掙扎的生物。

「打掃雞舍也是苦差事！上回請你幫忙打掃，真的是無可挑剔，今日就再麻煩你一次。」

「感謝大娘不嫌棄，我會盡力把雞舍打掃乾淨的。」

「好。我呢，出發去縣太爺那邊送雞蛋前會先把你的衣服補好，然後抓隻肥雞將雙腳綁住……對了！昨兒個和蘇大娘她們一同做了三色饅頭，我包了五、六顆要給你，全放在我工具間外的桌子上，回去記得要帶走啊！」

「真的很謝謝您，大娘，時常接受您的幫助無以回報。」

「你從小沒爹娘照顧，獨自存活長大實在不容易，也不曾見你埋怨放棄過。你頭腦好又會讀書，大夥兒都希望這裡能出個狀元，光耀我們沒沒無聞的村落。大娘什麼都不會，就是會看人，你這溫良性格和努力嚴謹的態度，日後肯定會是做大事的人。」

「大娘您過獎了。」

「哈哈！不閒聊了，我得快去準備準備。」老寡婦瞥了瞥腳邊的麻布袋，「哎呀！真是麻煩啊怎麼辦？」

「大娘，這麻布袋裡是？」

「這個啊！雞舍裡孵出了一隻長相奇特的怪雞，感覺挺觸霉頭的。但我也不忍心把牠打死，想說讓牠在麻布袋裡餓死後再處理。」

「大娘，不如這樣。您將麻布袋交給我，等等回去時經過竹林，我再找個地方將麻袋埋進土裡。」

寡婦聽了當然點頭答應，「哎呀，那就麻煩你了。」

只是窮書生並未把小怪物活埋，反而將牠帶回家中當成寵物飼養。他從小沒父母、無依無靠，頭一次有了被陪伴的幸福感。

書生為小怪物取名丁三，一開始牠還只是小雞般的大小，半年後已經是成年人的高度，四肢著地如同一般獸類；但是牠有三隻眼睛，且長相頗為猙獰。書生知道丁三若被村民看到肯定會出亂子，於是只選擇在夜半時分帶牠出去透氣；但牠的叫聲渾厚驚人，村裡便開始流傳著怪力亂神之說。

「丁三，小聲點！萬一讓人看到你，我們可能就要被迫分開了。」

小怪物似乎了解書生的話，便不再發出聲響，而書生也為此感到愧疚。因為他無法讓好動的丁三隨心所欲外出自由的奔跑，白天牠得待在屋裡，連窗戶都不能靠近，興奮時想大叫也無法張揚。

直到某日，居民無意間發現了小怪物的蹤影，並集合幾位獵人，紛紛埋伏在書生家外面，欲除掉怪物。而小怪物趁書生到後院井邊打水時跟著偷溜出來，身體才露出門外，便遭到同時射來的十幾枝箭刺穿。

確認怪物倒下後，居民們才漸漸離去，只剩書生痛心的吶喊。

「丁三！我對不起你，竟然連保護你的能力都沒有！」

書生抱著奄奄一息的小怪物，痛心疾首的哭喊著，直到牠發出了嘶啞的低吼後，失去鼻息……

忽然間，怪物原本動也不動的軀體猛烈的震動了起來。

「丁三！你怎麼了丁三？」書生著急的大喊，不知所措。

就在這時，郝仁終於如救世英雄般的現身了。

「怪物的魂魄不甘心離開世間、離不開你，再拖下去我看連投胎的機會都沒有……」郝仁向書生說明了自己的來意：「讓我來！放心，一切有我在。」

郝仁蹲下身體，拉起怪物的腳掌閉起眼眸，嘴角揚起、露出自信的微笑，等待著熟悉的熱源在體內流竄。但不知為何，當下他腦子裡一片空白，想要開口卻不知該唱些什麼，且怪的是身體並未如往常施法時的激動感……

就這樣反覆掙扎中，郝仁扼腕不甘的朝空中大吼了一聲，便迅速抽離夢境！

「怎麼可能有這種事！我會唱不出安魂曲？」郝仁不屑的冷哼。

五天前紅眼怪客團才出了一趟任務，去一座蒐集上萬個袖珍娃娃的博物館。那裡有個冤魂放心不下她生下來便殘疾的孩子，怕他成長過程中遭到同儕欺負，因此只要有人稍微對她的小孩講話大聲了點就會遭遇不測。

紅眼怪客團成員們同心協力，不出三天時間便向《靈報》回覆一切緣由；且郝仁竟然能在多人圍觀下唱出空靈的安魂曲，並讓長年籠罩在陰影下的小鎮回復往日的安寧。

紅眼怪客團辦案成功後，不只領到《靈報》發案主給予的豐厚獎金，更贏得了鎮上居民的掌聲及愛戴……直到現在，郝仁耳邊依然迴盪著居民們熱烈鼓掌且叫喚著「英雄」的吶喊聲。

「哼！夢與事實相反！誰鳥你這爛夢！」

郝仁低咒一聲，並伸了伸懶腰。這口嚥不下的氣，讓他壓根忘了在意多年來不變的夢境居然頭一回出現嶄新的劇情。

郝仁起身看向窗外，耀眼的陽光讓他禁不住瞇起眼眸，「哇靠！太陽都快曬到屁股了還在這邊做夢，趕快下去找點東西祭祭我可憐的五臟廟才是重點啊！」

他隨手抓起電腦椅上的短褲和長T恤穿上。

郝仁原本在家只想裸著上半身、套一條四角褲這樣輕鬆的穿著，但只要想到方馨萍某日下午用她冷淡的目光上下瞄了他一眼後，平靜的丟下一句——

「00845 貨物快要運送過來了，對方要求重建健壯的體魄，不如就以你作為操刀時的模特兒好了。」

「幹！誰要當屍體的模特兒，要當不會自己去當喔！」

「咕嚕。」

忽然間，郝仁的腹部傳出一陣咕嚕聲響，他伸手安撫無效，猛烈的飢餓感襲來催促著他邁開步伐，「餓扁了！不知道 Tony 哥今天會幫我們準備什麼好吃的早餐？」

推開房門後，只要經過其他同伴房間，郝仁便會出其不意的打開門，想說順便惡作劇嚇嚇對方，這是他近來屢試不爽的晨間遊戲。

「嘿嘿……早安啊！」

郝仁用力踹開馬克的房門，視線環繞內部一圈，發現裡頭沒半個人影，黑色大床上的被單一如往常摺疊得整整齊齊，地毯上沒有任何物品堆積，與他雜亂的房間相比根本天壤之別。

「又不是老頭子，這麼早起幹嘛？乾脆去打太極拳算了。」

接著，他又經過了方群和方勤克互為對門的房間。

這對父子不愧是血肉相連，都有個相同的習慣——人一旦不在房間內，房門便會大開，若房門關著就代表人在裡頭謝絕打擾。

「所以老頭和 Tony 哥也早起床啦！年紀大的人就懂得順應早睡早起養生那套，深怕別人不知道他們是有年代的人，哈哈！」

郝仁輕鬆的吹著口哨，一個右轉後準備往樓梯的方向走去，在這之前會先經過一扇白色木門。

郝仁雙手搓了搓，嘿嘿竊笑著，右手輕壓下門把後瞬間使力推開，同時閉著眼睛出聲大喊：「芝麻開門！美麗的小妞換衣服要記得鎖門嘿！」

郝仁尤記得上回他無預警的推開方馨萍的房門，正巧碰上她在換衣服，當時她上衣解開只剩下內衣，且正對門口的方向一覽無遺。他以為方馨萍會像一般漫畫或電視劇演的，先是尖叫後便把手上的衣服往偷窺者的身上丟，但現實中的她只是淡淡的開口——

「有事嗎?」

受打擾的人冷靜以對，反倒是郝仁嚇得睜大眼不知如何是好，這回他聰明的選擇閉緊眼睛不看。

忽地，一道嬌小的身軀彷彿受到驚嚇撲向前去，咬了郝仁的小腿一口後往他處逃竄。

「王子麵你有病喔，咬我幹嘛?」郝仁彎身採了採些微刺痛的小腿肚，不悅的瞪向貓咪逃竄的方向，「早知道家裡有瘋貓一隻應該穿長褲，看這傷口……嘖!有沒有需要去醫院打個狂犬病疫苗啊……」

郝仁清楚，若王子麵能夠安穩的待在方馨萍的房間內，就表示她大小姐肯定不在裡面;以她喜歡獨處的孤僻性格，絕不容許任何生物侵占她的地盤。

「靠!衰咧!想要鬧人最後卻整到自己。臭貓!下次抓到你，沒把你的小屁股打爛我就不姓郝!」

郝仁悻悻然的踏出房門外，並順手將門帶上，踩著慵懶的步伐往樓下走去。

「喝~啊~」他雙手高舉伸了個長長的懶腰，扭動著全身筋骨發出清脆的聲響，不禁疑惑了起來，「怪了！一大早不見半個人影，大夥兒都死到哪裡去了？」

他眨了眨乾澀的雙眼並愜意的吹著口哨，修長的四肢藉著移動間拉扯伸展，一路從寬敞的客廳走向露臺。他這裡看看那裡瞧瞧，目光來回游移就是不見其他同伴。

「嗚啊～雖然有時候電動打晚了點，但隔天肯定補眠補到正午才起床，怎麼最近覺得有種操勞過度、筋骨痠疼的感覺……難不成我半夜夢遊去跑馬拉松喔？」

忽地，郝仁眉頭一皺，迅速撇頭往側邊的花圃吐了口痰。

「呸呸呸！噁心死了。」

郝仁用那未開嗓的沙啞聲怒吼，並刻意加快腳步往就近的露臺角落邊走去。甫靠近洗手檯便連忙轉開水龍頭，一連咕嚕咕嚕的漱口多次。

「怪了！這陣子早上起來，嘴巴裡頭怎麼老是會有咖啡的味道？該不會真的有夢遊的習慣？」

光漱口覺得不夠，郝仁乾脆拿起他上回使用後卻忘記收回浴室的牙膏，仰頭擠了點在嘴巴裡，然後吸一口水在口腔裡咕嚕咕嚕的滾動著。

「呸！到底是誰發明咖啡這玩意？苦苦澀澀有啥好喝！」

郝仁確認口中殘留的苦味徹底清除，再往左右四處張望，依然找不著同伴的蹤影後，又折返往餐廳的方向走去。

「我是不是錯過什麼啦？還是老頭昨晚有交代任務？」他搔了搔頭努力回想，就是找不到答案，「這些傢伙該不會因為想獨吞獎金，聯合背著我偷偷接《靈報》的案子？」

放眼望去挑高的餐廳窗明几淨，中島型開放式的餐廚空間讓視覺上彷彿放大了好幾倍；金色光線透過屋頂斜角處的天窗灑落在黑色大理石上，猶如發光的寶石般耀眼奪目，刺得郝仁不禁瞇起眼眸努力適應。

「靠！什麼鬼啦！Tony哥是不是有病，廚房地板弄得跟鏡子一樣亮，不怕眼睛瞎掉？要不要乾脆在家裡也戴太陽眼鏡啊！」

郝仁咕噥著移步至餐桌前停下腳步，長形的潔白桌面上放著一只竹籐編織的圓球體蓋子，他熟練的掀開來瞧看，裡頭的景象讓睡眼惺忪的臉頓時展開神采奕奕的笑容。

「哈哈，不愧是Tony哥，給他一百個讚！」

郝仁猴急的從白色瓷盤上抓個裸麥麵包三明治，不顧形象的張開嘴巴大大咬上一口，滑嫩的蛋液瞬間爆漿流了出來，香濃的起司還在他的牙齒和麵包間牽了一條長長的絲。

「嗯……好出好出……」郝仁的讚美聲因為口中滿滿的食物而含糊了，「這東西太強了！要我連續三餐都出這個也沒關係。」

郝仁品嘗著帶點嚼勁的麵包，目光再被瓷盤邊的玻璃杯吸引。他拿起杯子往嘴邊靠近，仰頭一倒，沒五秒鐘便咕嚕咕嚕的將約八分滿的綜合鮮果汁一飲而盡。

「呃～嗝～」打了個滿足的飽嗝後，原本渾沌的思緒逐漸變得清晰，他粗魯的放下玻璃杯，並將另外兩個三明治拿起，轉個身往廚房後方的門走去。

推開門，眼前是一條約二十多公尺的通道，這是不用出主屋大門便能直接通往美屍坊工作室的捷徑。

「老頭他們幾個該不會在工作室裡忙吧？過去瞧瞧！」

NO. 2

美女都愛的美甲坊

「來來來，仔細看我怎麼做你就怎麼做，一副十片，不多不少剛剛好，分別裝在盒子的凹槽裡。」方群興致高昂的指揮著馬克一同幫忙包裝準備出貨的物品，工作檯上堆放了幾十個精緻木盒，恍若真人的指甲片陳列在桌面上。

「好。」馬克仿效著坐在對面的方群，持續手邊的工作，心思卻跑到了他處。他支支吾吾的問：「那個……方叔……」

「什麼事？」

「呃，沒什麼……」

「一片一片小心放好，要知道這玩意單價並不便宜，送到客戶手上若是少了一片，要我怎麼交差……」方群眼尖的發現有誤，「喂！小指跟大姆指的 size 差那麼多，這樣也會放錯！」

「啊！抱歉。」馬克愣了一下，連忙回神凝聚注意力。他將兩枚指片的位置更動，並有些心虛的轉移話題，「請問方叔，賣這些東西算是您的副業嗎？」

「嗯哼！你別看我們美屍坊的案子每一具收費不低，但這個行業不免還是有淡季；遇到淡季沒錢賺，心裡就會悶得發慌。不另外想點辦法開源，胸口感覺就像破了洞一樣難受，所以我賣指甲掛名『美甲坊』。」

「可是方叔，《靈報》發出的案子獎金不都是天價？聽說您通常一年至少接五到六個案子，再加上美屍坊的生意……心裡還會發慌？」

「怎麼不慌！我還有期貨和股票要注意動向呢！最近很想被封為股市操盤手這類封號。」方群拿起手邊的機器，在完封好的精美木盒右上角處燙了個蝴蝶結圖形的印記後，再把機器遞過去，「喏，換你。我說錢永遠不嫌多，最好能把我的大口袋給撐破，哈！」

「不愧是方叔，厲害。」馬克心不在焉的拿著機器，準備下一步燙印工作。

「住手！」方群忽然一陣大吼阻止差點出包的馬克，「美甲坊品質保證的燙印，全部統一要烙在木盒的右上方而不是左下方！」

「抱歉、抱歉，我真是個差勁的幫手……」馬克不好意思的撫了撫後頸，乾脆放下手邊工作，喘口氣面露尷尬笑容。

「算了，好在我及時發現，否則百分百的信譽保證恐怕就要出包。」方群揮了揮手表示不計較。

「咳！」馬克清了下喉嚨，再繼續找個話題來掩飾自己的尷尬，「請問方叔，這些指甲片是要直接貼在自己原本的指甲上嗎？」

「嗯哼。現在的女生愛漂亮，不是流行做水晶指甲嗎？不過水晶指甲的材質和硬度哪裡能跟我這個比。貼上一般的水晶指甲，根據那些小女生說，自己的指甲會因為不透氣而感到緊繃；美甲坊出品的東西經過特殊處理，意外的會和原本的指甲產生貼合，就像自己的一樣沒有負擔。」

馬克好奇的再問：「這指甲是什麼材質製成？我剛才碰到的觸感就好像在摸自己的指甲一樣。」

「所謂天機不可洩漏也。」方群得意洋洋的炫耀著，「我只能說某次因緣際會讓我找到兩種特殊玩意，就這麼融合調製在一塊兒，意外成了這副模樣。」

馬克試圖將其中一小片未包裝的指甲靠近鼻尖嗅了嗅，並大膽的伸出舌尖輕舔了一下，大腦便打開回憶匣進行組織排列，「這個材質的原料是不是來自一種耐旱植物？我曾經嚐過這樣的味道……淡雅草香、飽滿多汁，但嚐多後便會產生幻覺……」

忽然一道聲響打斷了馬克的思考。

「停停停！沒人叫你想出這指甲的原料是什麼！」方群緊張的開口阻止，心理直嘀咕：這小子的口鼻不是普通的靈，幾乎就要把正確答案說出口了！

「我這秘密配方可千萬不能外流，否則賣家一多，價格就得被迫壓低，所以你快停止那狗鼻子狗嘴巴的神技！」

「好，知道了。」馬克識相的將指甲片放下，不再追究材質的原料，「所以方叔的意思是，要擁有這一副指甲需要不少錢？」

「哈，那當然！」方群得意的揚高稀疏白眉，「只要我方群出品，哪有廉價可言！一般人看到價格絕對會說買不起，我呢，鎖定的客群一向屬於金字塔頂端那一掛，花錢如流水的人物。根據訂貨的盤商說，那些頂級貴婦跟當紅的影視明星深怕斷貨，有時候一訂就是十來盒以上。」

「這樣啊……」馬克輕輕摩娑著下巴，狹長的眸子有些迷離。

終於，方群按捺不住的開口：「好，來吧！」

突兀的一句話讓原本有些失神的馬克忽然回神，他感到一頭霧水，問道：「請問這話是什麼意思，方叔？」

「有什麼話你就直說，憋在心裡不覺得難受？我說你平時做事沉穩專注，看你今天這副若有所思又欲言又止的模樣，肯定心裡有鬼。」

「啊，被您發現了。」馬克笑著嘆了一口氣。

「如果是阿仁那小子心不在焉也就算了，畢竟他就是那副吊兒郎當的模樣，可連你都這樣我就看不習慣，所以有什麼話直說，省得我看了不舒服。」

馬克垂下眼眸，「其實……明天是我和心愛初次見面的紀念日，我們每年都會到餐廳慶祝，想到今年不能一起度過，心裡覺得有種破了洞的難受感。」

方群理解的安慰道：「原來如此！你就別難過了，之前不是答應過心愛小姐往後要幸福生活？你老是掛念著過去的美好，便會永遠走不出來。」

「嗯……我知道。但後來也才明白說起來簡單，真要實行卻又不大容易。」

方群向前拍了拍馬克的肩膀安慰道：「時間是最好的解藥，你就別急，慢慢來。今年不能和心愛小姐度過沒關係，我們紅眼怪客團所有成員都會陪在你身邊幫忙加油打氣！」

說著說著，方群忍不住揉了揉雙頰，「難得感性的說那麼多鼓勵的話，害我的臉都歪了，最多就這樣，你就別再奢求從我這邊得到更多安慰了。」

「哈哈！真難為方叔您了，說真的這樣就夠了。」馬克展開笑顏，心裡無限感動，腦海裡卻突然閃過一道訊息。為避免有冒犯之處，他小心翼翼的問道：「對了，方叔，之前一直想問卻沒記得問，方叔在找的那個人……其實我有點好奇。」

「我在找的人？」方群雙手環胸，眼睛望向天花板思考，「喔，這事你也聽說啦！」

「嗯，在幸福島的時候曾經聽阿三哥提起，他說您一直在找的人已經找了幾十年……」

「哼！阿三那大嘴巴……反正也不是啥不能公開的秘密。」

「聽說方叔在找的人身上有枚特殊的印記？能請問是什麼樣的印記嗎？」

恰巧，郝仁嘴裡咬著三明治正準備破門大聲吆喝，卻因為這段談話暫時噤聲止住步伐並躲在門邊。他邊聽邊回想起在幸福島上，偷聽到方群與身形如野獸般巨大的樵夫那段對話——

「方叔，能不能請問您在找的那枚胎記，到底和我手上這枚差在哪兒？」

「你的胎記符合了放射的六角星狀，也有圓圈將六角星完整包圍……但如果在六角星的中間再有菱形鑲在其中，那麼就太好了……」

「該怎麼形容那枚印記呢……」方群晃著腦袋深思，「你們應該都有在地下室，也就是我的人體博物館的入口處，看到一只放在檯上的木盒吧？」

馬克點頭，「有，方叔似乎很寶貝那個盒子。」

「那你有注意到盒子的左上方，有枚雕刻的符號嗎？」

「符號？我好像沒注意到。」

「下次有機會，你就好好仔細的瞧瞧，那枚雕刻的符號跟我要找的胎記一模一樣。」

方群放下手邊的工作有感而發，「後來我才漸漸發覺，要找到這個人原來不是那麼容易。算算時間應該有四十多年了，有時候幾乎忍不住想放棄。」

「四十多年！」馬克訝異的挑高濃眉，「方叔您還真是有毅力！」

「與其說毅力，不如說偏執吧！」方群拿起桌邊的熱茶啜了一口，「我耗了許多時間、體力和精神，就像海盜依照著藏寶圖找尋寶藏……有時候覺得自己已經離它很近，有時又覺得遙不可及。」

「所以方叔對於找人的堅持，也可算是一種生活寄託？」

「這麼說也行。」方群點了點頭，繼續說下去：「我從以前到現在幾乎沒啥事情辦不到，名利財富對我而言是唾手可得之事，但心裡總有個缺口覺得無法填補，直到多了一個夢想和目標才又燃起新的希望……從此我就把找到這個人，當成我人生最後的希望和目標，就這樣一年過了一年，直到這一刻意念仍然沒有改變。」

「能請問方叔希望找到這個人的目的嗎？」馬克實在好奇方群如此堅持心念的最大動力是什麼。

「這個嘛……」說到最終目的，方群忍不住咧開嘴笑，「你也知道我這個人呢，花時間和金錢一向都有目的，絕不可能白白浪費。不過目前我無法解釋真正的理由，但唯一可以透露的是找到這個人後，我會……吃掉他！」

這回答讓馬克驚訝的低吼：「把他吃、吃掉？」

——蛤？什麼！吃、吃掉！

在門外偷聽的郝仁聞言差點沒跌一跤。

「沒錯，就這樣把那個人活生生的吞進肚子裡，或者用火烤的方式在他身上塗滿夠味的醬汁，先把肥滋滋的油給逼出來後再……」

方群似真似假的言論讓躲在外頭偷聽的郝仁一陣心慌，他吞了口口水，就這樣不小心被卡在喉嚨的三明治噎住。

「啊……呃……救……救救……」他困難的發出求救聲，一手抓著頸部、一手舉高，臉色頓時發青。

這時，恰好走向工作室的方勤克目睹了這驚險的一幕，於是奮力加快步伐前來救人。

「阿仁怎麼了？噎到了嗎？」

方勤克機警的由後方抱住郝仁，雙手握拳放至在郝仁腹部接著猛然使力，一瞬間便讓卡在食道的食物吐了出來。

「噁！咳！」

「沒關係，吐出來就好，沒事了。」方勤克連忙拍了拍郝仁的背脊安撫道。

因為方勤克的叫喊，讓原本在工作室內暢談的兩人跟著相繼跑了出來。

「咳！咳！」郝仁順了一口氣後咳聲不斷，還不忘瞪向後方抱怨，「Tony哥拜託輕一點OK……咳！沒噎死也會被你搥死。」

「阿仁感覺好點沒？」馬克一跑出門便目睹緊急狀況，立刻向前關切，並不忘轉身請求，「方叔，麻煩您順道拿杯水過來好嗎？」

「哼！這臭小子就喜歡找人家麻煩，好好吃個東西都會被噎到。」方群倒是難得配合的轉身至工作室內倒了杯溫開水，可嘴巴依然得理不饒人，「是不是虧心事做太多？」

「這老頭……咳！就喜歡找碴！咳！」

「喏。」方群走向郝仁，並將水杯遞了過去，「你鬼鬼祟祟的在外頭不發出半點聲音，是不是在偷聽我們說話？」

「我……咳！咳！哪、哪有……咳！」郝仁接下水杯慢慢的啜了幾口，羞赧的熱氣襲上臉頰，好在大夥兒都會認為那是因嗆到而漲紅的臉色。

「哼！說話吞吞吐吐就是有鬼，沒話辯解了吧？你就承認……」

方勤克看不下去，出聲打斷：「爸，阿仁嗆到已經夠難受，你就別再為難他了。」

「哼！」方群不滿說話被打斷，便將矛頭轉向自己兒子，「倒是你，怎麼難得有空光臨我們美屍坊？」

「欸，怎麼這麼說呢老爸？我偶爾還是會過來這邊瞧瞧。」

「咳！是啊。」待氣息回復平靜後，郝仁終於能夠好好的開口說話：「人家說無事不登三寶殿，Tony 哥肯定有什麼事情要來宣布，對吧？」

方勤克點了點頭，「嗯，有點事想跟大家說，詳細情形等到晚餐時間我們再好好討論。我只是先過來問問你們，今天晚上有什麼特別想吃的嗎？」

他知道這些人每當用餐時最能放鬆心情，只要防備鬆懈了什麼都好談。

「只要是 Tony 哥親自烹調的料理，不管是中式、西式或者其他，肯定都是美味無比。」馬克首先誇讚的回答。

「沒錯！Tony 哥拜託你儘管隨意，只要是你煮的東西，隨便什麼都好吃啦！」郝仁擦了擦差點流出來的口水，「就像早餐你幫大家準備的三明治，雖然我賴床晚起拿來當中餐解決，但說真的，好吃到要我連續吃個三個月都不怕膩。」

「哈哈！你們真是捧場，講得我要飛上天了。」方勤克心花怒放的燦笑著，不時左右張望的尋找，「對了！說到晚餐，我的萍萍寶貝呢？怎麼沒看到她？」

郝仁聳了聳肩回答：「不知道，我剛起床分別去大家房間繞了一下……」

「繞？」方群冷哼的打斷，「你這臭小子是想嚇人卻嚇不成吧。」

「嘿嘿，老頭真是我肚子裡的蛔蟲。」郝仁隨口回應，再繼續說下去：「我到每個房間去禮貌拜訪，結果沒發現半個人影，才又慢慢晃到這裡來的，連會議室、露臺、健身房、餐廳和廚房也都去過。對了！難不成馨萍姐是出門血拚或者去做什麼水晶指甲、SPA之類的。再怎麼說畢竟是女人嘛，偶爾還是會寵愛……」

郝仁的一番推論驀地被一陣嗶嗶聲響打斷，大夥兒自然而然順著聲音來源看過去。

一只銀色流線形棺材，利用磁浮原理懸在美屍坊內靠近手術檯的角落。在一陣似鬧鐘鈴響聲後，棺材蓋子開啟，裡頭竟然意外的出現一位緩緩睜開眼眸的睡美人。

「幹！嚇死我了，還以為見鬼咧！」郝仁驚吼了一聲，手還猛烈拍了拍胸口，「馨萍姐，幹嘛嚇人啦！」

「嗯？」方馨萍眨了眨眼眸看向吼聲的來源處，初醒的她難得露出有別於以往淡漠的傻呼呼表情。

「可憐的萍萍，昨晚又失眠啦？」方群沒露出其他人的驚訝表情，似乎早已習慣這種場面。

「嗯，想些事情睡不著。」方馨萍點點頭，揉了揉眼睛。

「這小妞每次只要失眠，就會跑來這邊找棺材睡，真是可愛的小東西。」方群走了過去輕拍她的臉頰，笑紋咧開，盡是愛憐的神情。

「我可愛的小寶貝……」方勤克也跟著走向前，一會兒摸摸女兒的頭髮，一會兒撫了撫她的肩膀，「漂亮無瑕的眼睛周圍皮膚，因為失眠出現了些微的黑眼圈。等一下我拿個神奇的眼膜讓妳敷著，包准五分鐘還妳完美的白皙肌膚。」

不過，在場有人卻對這種怪異行為超級感冒，忍不住發出責難。

「馨萍姐妳是不是瘋了?自己有房間、有床不睡，還跑來睡棺材，有病啊妳!睡出一身穢氣外，身上還沾滿可怕的細菌髒汙!」郝仁忍不住激動大喊。

只見方馨萍伸了一個懶腰後，緩緩從棺材裡爬了出來。

「放心。美屍坊的棺材絕對比我們平常睡的床還乾淨，裡頭具有特殊奈米消毒殺菌功能，而且完全沒有你想的怪味。彈性極佳的觸感，還能調節溫度、濕度，保證一夜好眠……不如找天你自己來試試看。」

「靠!誰要咧!」郝仁嫌惡的歪著嘴，「我又不是吃飽沒事幹跑來睡棺材，死後自然有大半時間會待在這個狹小的空間內，所以沒必要還活著的時候就這麼折騰自己吧!馬克你說對不對?」

郝仁想要尋求同伴的支持，但馬克已經早一步往棺材靠近。

「真神奇!這棺材沒有任何一點難聞的氣味，仔細聞反而還散發出淡淡的幽香，這是……」馬克努動著他那直挺的鼻梁，敏銳的嗅覺立刻連結大腦所有記憶，「對了，大馬士革玫瑰！應該是這個味道。」

「什麼大馬玫瑰的，哪有可能啦！」郝仁嫌惡的捏著鼻子，「我記得上個星期好像是編號 00852 明明還躺在那裡兩天還三天，就是那位左臉有枚胎記還硬要去除的那一位，我想棺材裡頭的屍臭應該還沒完全散掉吧。」

「你在那邊胡說八道什麼！」方群不滿這番言論，開口捍衛道：「我花多少錢買來的機器，哪有可能出現臭味？這臺玩意只要按下藍色按鈕就能立即消毒清洗，此時此刻裡頭應該呈現無菌無味才對。」

「拜託齁！我們馬克是誰？他那比狗鼻子還靈的嗅覺哪有可能出錯，既然他說那什麼大馬玫瑰之類的就肯定有！」郝仁指向棺材。

「我說不可能！」方群低著頭靠近棺材內部，「哪裡有味道？」

「好吧。」方馨萍開口給大夥兒一個合理的答案，「棺材裡就如爺爺說的，因為消毒過呈現無菌無味，而馬克聞到的是我昨晚擦的護手霜，的確是大馬士革玫瑰味道。」

「哈！難怪你可以出國比賽，鼻子靈的跟什麼一樣。」郝仁出其不意的將頭皮貼向馬克鼻間，「來！幫我聞聞看，前天應該洗過頭。」

馬克早在郝仁貼近時下意識的暫停呼吸，然後優雅的旋了個身移動腳步。就在這時，又一陣似鬧鐘的鈴聲響起。

「阿仁，你的手機響了。」馬克連忙提醒道，深怕對方一再惡作劇的將臭頭靠過來。

「怪了！這時間會有誰找？」郝仁掏出口袋內的手機瞧看，螢幕上出現「緊急狀況」四個不斷閃爍的字體。

「緊急狀況……這什麼鬼？」他皺著眉思索一下，便匆忙往門邊走去，「啊！來不及了，我先閃回房間。昨晚和隊友們約好下午要一起攻打鄰國，若是遲到失約那怎麼行。」

「哼！還相約攻打鄰國。」方群目送那急忙離去的背影忍不住數落著，「這瘋子笑人家睡棺材怪，自己還不是在那邊玩什麼無聊的虛擬遊戲，養一堆假軍隊，可笑到極點！」

「阿仁，晚餐提早在五點半開始喔。」方勤克往窗戶邊交代。

「知、道、了！」遠方傳回吼聲。

◆※◆※◆※◆

「外婆，妳怎麼都沒有吃稀飯呢？」阿春歪著一張白嫩的小臉詢問。

「怎麼會沒有呢？」老婦人笑著將手中的碗捧起靠近嘴邊。

「可是外婆的碗裡面沒有飯飯啊？喔～不吃飯飯，外婆就不能長高高了唷！」

小女孩童言童語的俏皮聲響在餐桌上揚起，就算簡陋的食物也讓老人家吃得開心。

木造小屋裡擺設極為簡陋，天花板上只點了一支日光燈管，似乎也因年久失修而有些閃爍；好在今晚月亮又圓又大，月色透過窗戶斜射進來將屋內照得潔白。

「其實外婆剛才煮晚餐的時候，已經偷偷先吃了兩碗，妳看外婆的肚子是不是圓滾滾的啊？」老婦人刻意撐起肚皮並用手撫摸，佯裝成吃得極飽的模樣。

「嗯……」小女生眨了眨明亮的雙眼，仔細瞧看後便用力點頭，「有耶！外婆的肚子好圓好大喔！」

「呵呵，外婆已經吃得很飽了。」老婦人露出慈祥的笑容哄著孫女，就算家裡沒剩多少錢，也絕不能餓著正在成長發育、急需營養的小寶貝，「我們小阿春也要努力把所有的稀飯全部吃光，以後才能跟外婆長得一樣高喔。」

「嗯，我也要長高高。」小女孩趕緊乖乖的坐回椅子上，雙手捧起木碗呼嚕呼嚕的吞下稀飯。

「慢慢吃，小心不要燙到了。」

「好。」小女孩用力點了個頭，右嘴角沾上一顆飯粒。

「我們小阿春明年要上小學，外公他們知道了一定也會很高興的。」

「那……爸爸媽媽他們也是嗎？」

老婦人向前撫了撫小女孩柔軟的髮絲，心疼她那始終不懂為何自己沒有父母的疑惑。

「當然啊！小阿春是爸爸媽媽心中最疼愛的寶貝，他們一定也會替妳高興的……」

說著說著老婦人悲從中來，摀住臉痛哭失聲。

在她的孫女張春智出生不到三個月，某個夜晚婦人的丈夫及兒子夫婦倆因為想要讓寶貝阿春過更好的生活，於是跟著一群村民往深山採集珍貴的菇類，而她留下來照顧孫女。

當時市面上流行一款活力飲品，正好裡頭最主要的成分便是此種珍貴菇類，據說只有在冬季深山中摘得到，若能摘取便可賣出好價錢。然而悲慘的是，相約一同前往深山的十位村民因對路況陌生，雖相互提醒小心的走著，卻未發現前方看似雜草叢生的大地下，竟然是個深不見底的窟窿！

就這樣，一行相約採菇的村民，其中八位不慎踩進萬丈深淵，從此不見人影。

「外婆不行哭哭喔，這樣外公和爸爸媽媽他們在天堂也會傷心耶！」小女孩模仿著外婆曾經對她說過的話，因為受到哀戚的情緒感染，讓可愛的小臉皺成一團。

「哎呀……」老婦人見狀，趕緊擦拭掉臉上的淚水。她壓抑住滿腔的落寞情緒破涕為笑，「對啊，外婆怎麼那麼愛哭。來！趕快把稀飯和魚吃光，今天晚上村長他們家有舉辦茶會，等一下我們過去看看，聽說有蛋糕可以吃喔。」

「啊！有蛋糕嗎？」小女孩眼睛忽然發亮。

「嗯。村長夫人跟我說今天晚上有草莓蛋糕，我已拜託美美的媽媽幫妳留一大塊。」

「那有幫我跟阿姨說，要留給我上面有大草莓的那一塊嗎？」小女孩睜大亮晶晶的眼眸，期待的雙手合十。

「那當然，我知道我們小阿春最愛吃草莓了。」

「耶！謝謝外婆，這世界上我最喜歡的人就是外婆了！」

NO. 3 誰刮了我的鬍子

「阿仁，你不是說要留鬍子，想要變得更man、更狂野一點？」坐在自己用餐座位的馬克提出疑問。

「是啊！難怪我越看越覺得哪裡怪。」方群瞥一眼郝仁，「不是老嚷嚷著想看起來成熟點？前不久還聽信偏方，在下巴塗上辣椒和生薑汁液，搞得皮膚發炎去看醫生，怎麼好不容易長了點鬍子又剃掉了？」

聞言，郝仁聳了聳肩，並撫了撫他光潔的下巴。「無解。我想要不是美屍坊哪位成員跟我惡作劇，半夜潛入我房間剃掉我的鬍子，不然就是我的潛意識潔癖得要命，所以趁夢遊起來清潔打理自己。」

「夢遊？」方群皺了下眉，「你不是一向玩電動玩到累得半死，然後像頭豬倒頭呼呼大睡、一覺到天亮，哪還有時間夢遊？」

郝仁不悅的吼了聲：「你才豬咧！要不然怎麼解釋我光禿禿的下巴？這裡有興趣整人的只有我一個，想也知道沒人會鳥我的鬍子。所以除了我自己夢遊，迷迷糊糊的把好不容易留出來的鬍子刮掉外，難不成要我去找好兄弟算帳？」

「說到夢遊……其實不無可能。」方勤克彈了下手指，「我前幾個晚上睡不著覺，於是下來廚房、客廳繞繞，那時看到阿仁一個人坐在陽臺撫摸著王子的銀白貓毛。」

「我？」郝仁挑眉手指著自己，表情極為納悶，「我半夜不睡覺，下來陽臺逗王子麵？怪了！怎麼沒半點印象？」

方勤克繼續說下去：「當時我過去陽臺問你是不是睡不著，你沒有回答，只是用非常迷人的表情對我微笑。」

「迷人的表情？」方群灰白的眉毛挑得老高，「你是想扼殺我的好胃口嗎？」

別說方群不以為然，馬克優雅啜飲了口的氣泡水差點卡住喉嚨。

「大家別激動嘛……」方勤克拍了拍馬克的背，「那晚阿仁的表情特別慵懶，根本好像換了一個人似的。」

「噗！迷人？慵懶？Tony 哥你這笑話好笑！」

連當事人都質疑這誇讚。

「在我左眼還沒成這副鬼模樣前，要說迷人我還挺有信心的。在外頭怕嚇到人所以戴著眼罩，在這邊你們看習慣了我就不遮掩……」郝仁邊說，還刻意將左眼撐大靠近方勤克，問：「你說我頂著這顆凸出的紅眼，那天晚上如何的迷人啊？」

「紅眼睛嗎……」方勤克皺著眉頭想了下，似乎當晚沒特別注意，只覺得郝仁渾身上下散發出一股很特殊的氣質。「哈哈，可能光線昏暗朦朧，看什麼都覺得迷人吧！」

這番合理的解釋才終於平息了大夥兒一度激動的情緒。

這時，餐桌周圍忽然發出一道低沉而持續的咕嚕聲響。

「嘿嘿……是我是我。肚子在跟我抗議，現在可以開動了吧？」郝仁猴急的拿起餐具詢問。

「只差馨萍一人沒到，我上樓去請她下來吃飯好了。」馬克往後推開餐椅準備起身。

「不用，你坐著就好。」方勤克開口阻止，「萍萍剛才跟我說她沒胃口，晚上這段時間她想一個人在視聽室看電影，希望我們不要打擾她。」

「可是晚餐沒吃怎麼行？」

「唉呀！人家是仙女，哪裡需要吃東西？她不像我們凡夫俗子，靠空氣就能存活。」

郝仁戲謔的諷刺著，舀了一大口五菇清湯往嘴裡送，「不過，Tony 哥不是有事要和我們討論?仙女不下來是要怎麼投票表決?」

「萍萍說紅眼怪客團一致通過的決定就代表她的決定。」方勤克一字不漏的敘述方馨萍先前所言。

「仙女還真酷!話說得簡潔有力……喂!老頭!說好糖醋排骨一人一份，你就別肖想我盤裡的東西OK?」郝仁警覺到餐桌上有異狀，便防備的將餐盤往自己的方向拉近。他了解當老頭雙眼發亮、鼻頭不自覺抖動時，就是打算要偷夾別人的食物。

「哼!」方群不滿自己的計謀被識破，雙手環胸抱怨道：「吃個晚餐還有那麼多限制，一人兩份排骨我都嫌不夠!如果吃不飽，我的肚子就會發出抗議，要我怎麼睡得好?」

「方叔，Tony哥是為了大家的健康著想。」馬克微笑安撫，並將生菜沙拉推了過去，建議道：「這邊還有一些新鮮的蔬菜，不如就用這些填飽肚子。」

方群嫌惡的大動作推了回去，「這些生菜沙拉到底哪裡好吃了?咬得我牙齒發麻、下顎發疼。」

「老頭，你訂的《靈報》第三版左下方，每期都會有一則醫學小知識，有沒有看過啊你？上期提到的剛好是『慢活』。」郝仁咬了一口清脆鮮嫩的小黃瓜，順道分享他看到的小常識。

方群挑高一邊稀疏白眉，「《靈報》何時有這玩意我怎麼沒發現？還有，『慢活』指的又是什麼？」

「就字面的意思，生活步調放慢，吃得養生並且要多多運動。」

「哼！人生短短幾十年，不能照自己的心意過活，那不是太悲慘了！」

郝仁一臉「我很懂」的樣子說教道：「想多吃點肉呢～就要想辦法多運動，健身房裡那麼多器材，去挑幾樣不傷你那把老骨頭的來做。別忘了你的健康檢查結果出爐，符合三高，血液裡全是油脂，要是家裡哪天油不夠，你就乾脆提供一點吧，哈哈！」

「醫院的檢查哪裡準了！說什麼三高不三高的，自己的身體只有自己最了解，我有很好的口腹之欲，那就代表根本一點問題都沒有。」方群斜眼看著郝仁。

「愛狡辯咧！」郝仁一邊取笑方群，一邊將口中的骨頭吐了出來，「老頭，我說你就認了吧，乖乖把眼前的蔬菜全部吃完，等到下個月複檢成績不錯的話，想多吃肉就比較有機會啦！」

「哼！」方群不悅的皺著眉。他將推走的盤子再度拉了回來，用叉子有一口沒一口的將生菜塞進口中。

方勤克欣慰的笑了。他平日溫和、容易妥協，但唯獨對家人的健康他絕不讓步，這也是方群很快放棄掙扎，悻悻然吃下蔬菜的原因。

「如果後天晚上大家沒事的話，晚上我們就在院子裡舉辦一場家庭烤肉盛宴，如何？」方勤克突然宣布道。

聞言，方群稀疏的眉毛挑得老高，氣呼呼的老臉逐漸笑了開來。

「好啊好啊！上個月馨萍姐生日的那場烤肉會真是不得了，有烤乳豬、生蠔、明蝦……Tony哥根本是廚神，把每一樣食材都烤得恰到好處，少一分不熟、多一分又太焦；特別是你研發的幾種特殊調味，我現在光是回想口水都要流了出來。」郝仁激動的說著。

「Tony哥，你們公司是不是有什麼好事值得慶祝？」馬克猜想著詢問。他發覺方勤克每回工作上有了新的突破，美屍坊裡便會舉辦一次慶祝盛宴。

方勤克朝他比了個大拇指，「聰明喔馬克。我的公司確實最近承包一項大案子，準備協助知名品牌香水選拔年度形象代言人。」

「嗯，聽起來好像滿厲害的……」其實馬克對時尚圈不是很了解。

「等等！讓我想一下……」郝仁總覺得哪裡不妥，「說真的，要舉辦烤肉 party 不是不好，但每次都只有我們這幾個咖根本玩不起來，大家都一副懶洋洋的模樣是要怎麼high？再說……」

方群立即打斷郝仁的抱怨：「吵死了！你找朋友過來玩，要high就自個兒去high不會啊！」

「可是他們要怎麼來？這裡是美屍坊耶，一般人哪知道來這裡的方法？我們不是每次都要搭專用小貨車，往山區的方向靠定位儀瞬間移動？」

「又不是只有這個方法。」方群咬了一口無糖綜合堅果餅乾，「美屍坊的前門的確是這樣回來沒錯，不過後門還是一般通道，不然你以為郵差怎麼送信？你每天喝的鮮奶還不是定期有人送貨！」

「對齁！哈哈，我都忘了還有這招。」郝仁敲了敲頭傻笑，不過問題又來了，「找朋友……嘿嘿，其實說真的，好朋友沒幾個，都是些一同打架、偷東西的酒肉朋友。再說要是讓他們抓到把柄，嘲笑我被趕出家門這蠢事，倒不如不見面得好。」

「咳咳！」方勤克刻意的咳了幾聲抓回在場人的注意力，他覺得話題似乎偏離了主題，趕緊介紹道：「我們公司這次接下的大案子，是和國際知名保養品牌 CICI 合作。他們第一次製作香水，聽說這款香水會呈現粉紅色的浪漫風情，香味基調是混合花果香，上市後肯定會造成搶購旋風。」

方勤克興奮的訴說舉辦慶功宴的原因，大夥兒卻一臉興致缺缺，原本他以為這話題會引發一陣熱烈討論。

「聽起來似乎很厲害，不過 Tony 哥又要忙碌了。」馬克順應的附和道。

「噁——還香水咧！」郝仁則露出一臉嫌惡樣，「真搞不懂那些人腦袋在想什麼東東，老是找一堆難聞的氣味往身上噴，還自以為高貴有品味，在我看來那些什麼花香、果香的全都一個樣，味道跟廁所刺鼻的芳香劑有得拚。」

「咳！阿仁，噴香水其實是一種禮貌。」馬克偶爾也會噴點淡香水，當然要為自己辯解發聲。

「哈哈，最好是！還給我扯基本禮貌咧！你是說香水會幫我跟大家說謝謝、請、對不起喔？」

馬克繼續加強解釋道：「擦香水代表一種品味，品味又代表一個人生活的……」

「這兩個人真是無聊。」方群沒搭理兩人的爭辯，倒是好整以暇的雙手環胸，蹺著二郎腿的腳抖個不停，並斜眼瞄了一下前方隨口問：「你很少會跟我們提到工作上的事，怎麼，需要幫忙？」

聞言，方勤克摸了摸頭髮，顯得有些彆扭。

「沒什麼……只是覺得家裡所有成員，只有我沒參與美屍坊的工作，每當看到你們因為完成任務開心擊掌的模樣就覺得很羨慕，那種共同分享努力的喜悅感，似乎會形成一種凝聚力……只是我的工作跟你們沒交集，很難享受這樣的感覺。」

此番言論，外人聽來是出自感性的肺腑之言，然而聽在方群耳裡卻格外刺耳。

他哼了一聲，道：「少來這套，每次不如你意就用裝可憐的方式博取同情。你別想叫我去幫忙或幹嘛的，所謂隔行如隔山，我才不想去丟臉出包。」

「爸，你太狠了吧！」方勤克激動的起身，「我只是想來問問大家有沒有興趣跟我同行，這次的活動會在希臘一家名叫薰衣草的高級度假村舉行，因為是新開幕，所以想搭順風車宣傳。廠商客戶那邊提供我幾間頂級套房和餐券、免費來回頭等艙機票，原本想說你們或許會有興趣。」

「Tony哥，我先拒絕！管他什麼高不高級的度假飯店，我最近對高級的度假區超感冒。」郝仁打頭陣發表宣言。

搖搖頭後，他又說：「上次說什麼去幸福島度假，結果忙了一堆事，我啊還寧可待在美屍坊裡打電動，我們的隊伍正在努力練功，等強一點就要出發去攻打下一個城鎮。況且什麼選拔活動比賽之類的我一向最怕了，以前學校辦運動會我都會蹺課跑出去吃冰。」

「要去不去都行，我尊重多數人的意見。」馬克巧妙的避開做決定。

方群將咬在口中的牙籤拿了出來，「我也不想！再說，什麼高級飯店或飛機頭等艙我又不是沒住過、搭過，沒啥好稀奇的。你呢，就把這些好康的留給你旗下表現出色又努力的員工，我想他們肯定會樂個半死。」

「好吧，既然這樣……那我就不勉強大家了。」方勤克失望的嘆了一口氣。

然後，他雙手合十說：「我準備離開家四天三夜，這段時間的三餐請你們自理。」

此話讓原本意興闌珊的三人忽然間定住，大夥兒同樣愣了一下。

「蛤？三餐自理！」郝仁率先表現出心中的不滿，「這怎麼行？不是說好這幾天要再烤上回你弄給大家吃的那個什麼德國豬腳的？」

「等我回來再說。反正我會在冰箱上貼幾家餐廳的電話和菜單，那些都是我去品嘗過的保證美味佳餚。」

「這怎麼行！你知道我一向討厭和一堆人擠在同個屋子裡吃飯。」方群也有異議。

「所以我不是為你們找到解決方案了嗎？大家表決後選擇一家餐廳，然後只要撥一通電話過去，熱騰騰的美食就會準時送到家。」

「那個 Tony 哥……美屍坊的地點你知道，荒郊野外的一般人很難找到，等外送服務生找到這裡，恐怕我們幾個也餓暈了……」馬克也著急的想找出理由，但講著講著又覺得虛了。

「靠！不是我要說，Tony 哥你做的料理是不是有放什麼毒品之類的，不然我怎麼會越吃越覺得上癮？」郝仁提出了心中的疑問。

不過，經過反覆思考後，郝仁最終改變之前的決定，「算了！既然三餐得自己解決，那我還寧可跟著你去希臘，至少飯店餐廳裡什麼都有，我把電動帶過去玩不就解決了。再說，我們幾個還好講話，最難搞的是你們家的虎姑婆，會不會跟去還是個未知數咧！」

「萍萍去不去，得看大家的決定。所以阿仁……你確定會參加？」

「對啦，也只能這樣了。」郝仁隔著上衣抓了抓肚皮。

「你能參與我們公司的活動就太棒了！」方勤克興奮的舉高雙手，「對了阿仁，你知道貝兒卡嗎？她也會來參加選拔賽喔。」

「貝、貝兒卡？」聞言，郝仁驚喜的睜大雙眸，「是那個當紅寶貝名模，眾多男人心目中的完美女神貝兒卡？」

「沒錯，也會有很多線上知名的模特兒和藝人來參賽喔！」

「厚！Tony 哥你怎麼不早說啦！拿出貝兒卡這號人物，我毫不考慮就會答應了。」郝仁完全棄械投降。

「你自己答應，不代表我們全部參與。」方群涼涼的瞪了他一眼。

「隨你。自己叫外賣來吃吧！兒子難得提出邀請還置之不理，只會在那邊想要怎麼多賺錢，冷血！」郝仁壓根忘記他自己方才也是抗拒得要命。

馬克想了想，也覺得沒後路，「若 Tony 哥不嫌麻煩的話，請讓我跟去見識一下。」

「怎麼會麻煩？我歡迎得很。」情勢扭轉，讓方勤克樂不可支。

「我說老頭，你就不要再撐了。」郝仁見方群依然不表態，於是開口勸道：「在那邊多好，茶來伸手、飯來張口，到時候 Tony 哥忙起來沒空盯你，要吃一大盤肉、甚至一頭豬，都隨你爽！」

「哼！」方群不悅的冷哼。

「哈哈！老頭會哼就代表沒轍，肯定會跟著去啦！所以我們一致通過準備出發看名模囉！」郝仁興奮的拍桌，腦海卻突然閃過一個念頭，說道：「對了！這次我說什麼也要和馨萍姐同行，每次都她一個人待在家裡等，不用像我們忍受舟車勞頓之苦。」

方群立刻訕笑道：「你就直接承認自己孬，搭飛機怕死，坐船會嘔吐。」

「我、我哪裡會暈機、暈船了！這老頭就愛亂說話。不管！反正我心意已決，這次要體驗神奇的定位儀，等你們到達目的地後發回訊號，我就要開著小貨車瞬間移動，然後輕鬆的下山。」郝仁緊緊的握拳，堅持要用瞬移的方式。

◆※◆※◆※◆

「當紅寶貝名模貝兒卡日前擔任微笑大使，隨著關懷弱勢兒童協會團體親自走訪多個貧窮國家。貝兒卡褪下平日光鮮亮麗的服裝，穿上簡單的白色T恤和牛仔褲，也依然展現出名模的魅力。她見到可憐的孩童們時，不顧是否有傳染病的危險，蹲下身體緊緊抱住飢餓瘦弱的孩童，漂亮的臉蛋不時露出溫暖的笑容，隱隱可見鼻頭微紅與泛淚的眼角……」

「這假女人又在那邊演戲，看了就倒胃口！」莎莉飛快拿起餐桌上的遙控器轉臺。

「莎莉，妳又來了。」美美無奈的搖了搖頭。

美美的身軀纖細修長，居家服外是一件樣式簡單的褐色圍裙，只見她雙手捧著一個透明的玻璃深盤，用輕巧的步伐走向餐桌。

「沒辦法！我就是看不慣那種假惺惺的人，最好她是真心喜歡那些可憐的孩童。什麼溫暖的笑容、鼻頭微紅和泛淚的眼角……我們認識她又不是一、兩天的事！」

「她以前不是這樣的……」美美嘆了一口氣。

「哪有人會一下改變這麼多？像上回罕見兒童病例基金會向她募款，她先是為那苦心經營的形象大動作的捐出鉅額款項，卻又在背後咒罵那些得了罕見疾病的孩童為何不早死、是來浪費社會資源。我說她根本是沒救了……」

莎莉口沫橫飛的抱怨著，話都還沒說完，視線移至被輕放在餐桌上的食物後驀然打斷了她的思考。

「天啊！我又不是牛羊雞，美美，妳怎麼弄一堆雜草給我啦？」她嫌惡的推開面前的盤子，「專家不是說早餐要吃得像國王！我想要兩顆煎到半熟的太陽蛋，兩條炸得酥脆的培根，熱騰騰的貝果切開後塗上滿到溢出來的起司，配上兩大杯藍山咖啡……」

她規劃著滿桌食物的藍圖忽然被打斷。

「莎莉！不行喔。」美美難得扳起面孔，雙手扠腰假裝生氣的模樣，「一早起來要用新鮮的蔬果叫醒自己的胃，身體感受到清爽無負擔後，就會用健康的氣色作為回饋。」

「唉唷～話是這麼說沒錯啦，可是這麼漂亮的盤子裡頭只裝了五顏六色的蔬果，真的是很難讓人提振食欲。」

美美笑著拍了拍她的肩，「別這樣嘛，還有新鮮的果汁喔！」

「果汁……」莎莉吞了吞口水，興致缺缺的問：「今天又是什麼健康飲品？香蕉芝麻堅果飲，還是精力湯？」

「猜對了，香蕉芝麻堅果飲，我現打的喔！」

「唉……」她深深的嘆了一口氣，並認命的拿起香蕉飲品啜了幾口，「人啊還真不能生病，不過運氣背了點，得了原位癌。雖然沒有立即的生命威脅，但還不是一樣得過著病人的生活，整天就是像牛一樣吃草，這樣痛苦的活著還倒不如走掉算了。」

「莎莉，別亂說話！」美美嘟著嘴拍了一下她的肩表示不滿，漂亮的眼眸微微泛濕。

「知道了啦！就讓我抱怨發洩一下嘛。」莎莉怕她會難過，立刻正向思考，「妳看我在這邊碎碎唸，可每天不也是乖乖的當牛吃草，只差沒四腳朝地去草原奔跑了。」

「呵呵！妳喔！」這番言論把美美逗笑了。

「抱歉啦！我這病人很麻煩對吧？還好有妳這摯友的細心照料和隨時叮嚀，不然就算我開完刀，還是會和以前一樣繼續過著糜爛的生活。」

「我才要感謝妳呢，要不是妳幫忙當我的經紀人，我早回鄉下去了。」

「不過說真的，妳在我們模特兒界還真不是普通的奇葩，不吸菸、不喝酒又不上夜店，妳這樣真的很難生存！」莎莉神氣的摸了摸下巴，「呵~不過沒想到吧？我當模特兒的時候沒能力站上頂尖，但轉行當經紀人，我說我是第二應該沒人敢說自己是第一吧！」

莎莉本來也是當紅模特兒，因為年紀輕又常吸菸、喝酒，不良的惡習讓她罹患癌症，從此她就退居幕後轉為模特兒指導老師，繼續跟著美美住，也奉行養生生活。

「那當然啦，連我這麼土氣的人妳都能打造，實在太厲害了。」美美贊同的誇讚道。

「妳以為我是神仙，能隨便一揮棒子就把石頭變黃金啊！那是因為妳資質夠，白嫩皮膚吹彈可破，芭比娃娃般穠纖合度的身材，再來是那張清秀淡雅的心形臉蛋……無論走平面或伸展臺都是最佳人選。嗯，最近很多廣告商找上門來，我一定要好好慎選。」

「真不愧是我的好朋友，幾乎要把我捧上天了。」美美睨了她一眼並入座。

「我是實話實說！說真的，很多人皮膚不賴，但像妳這樣感覺嫩到彷彿可以掐出水的實在不多。」

「或許是因為我來自農村吧，現在市面上流行的養生餐和我從小吃的餐點差不多，簡單、清爽，因為是自己要吃的，所以都沒噴農藥，每一餐都是新鮮現採的蔬果……阿春當初也是。唉……」

「哎呀！別想那麼多了，她自己的人生自己決定，妳又不是……」

說曹操曹操到，大門邊正是二人在討論的主角。

「一早吵吵鬧鬧的！家裡不是有位病人老嚷著需要寧靜嗎？」

一道戲謔聲打斷了餐桌間的對話，驀然推開大門進入的身影，讓兩人嚇了一大跳，特別是莎莉還激動的起身跑了過去。

「喂！妳這女人有沒有禮貌，怎麼敢隨便闖進別人家裡？小心我打電話報警處理！」

「哈，報警？」貝兒卡摘下臉上的墨鏡，挑高一邊柳葉眉冷哼，「合約上白紙黑字寫得清清楚楚，我們三人三年前共同合租這棟大樓的頂樓第二十一層。訂金和房租該給的我一樣沒少給，妳要叫警察來隨妳便，看到時候吃虧的是誰。」

「妳！」莎莉不客氣的伸出食指比向對方，「我都說要把租金退給妳了，是妳自己硬不拿，死皮賴臉的繼續跟我們住在一塊兒。」

「好了莎莉，大家都是好朋友，別這樣嘛！」美美上前來拉住莎莉的手，安撫她躁動的情緒。

「管好妳的經紀人，別讓她像瘋狗一樣隨便亂咬人。」貝兒卡仰起尖巧的下巴，高傲的拖著行李箱往西邊的主臥房方向走去，並隨手將掛在臉上的墨鏡丟至沙發。

「阿春，妳肚子餓不餓？要不要先進房間換件輕鬆的衣服，和我們一起吃早餐？」

美美溫柔的嗓音讓貝兒卡驀然停住步伐，她緩緩轉身，表情冷冽，「我不是警告妳很多次別再這樣叫我！這麼俗氣的名字到底是誰取的？大家都喊我小貝！再說，我跟妳很熟嗎？還是因為我的男人表明愛慕妳，妳就覺得自己理虧想要從別的方面補償我？」

「阿春，喔！我又忘了，是小貝。」一連叫了二十多年真的不好改口，美美困擾的說道：「我真的不知道為何會有那樣的新聞，我和他僅止於工作上的來往。」

貝兒卡的男友是某車商的吳姓老闆，兩人交往近兩年卻突然宣告分手。而美美前陣子被選為車展的代言人，因此才和此吳老闆有工作上的接觸，但不知為何這位大財主最近頻頻在媒體放話，說他非常欣賞名模美美的氣質，並不排除展開熱烈追求。

「哼！無所謂，別人穿過的舊鞋妳也要撿的話，那是妳的選擇。」

「妳相信我，我真的沒……」

莎莉開口打斷：「別跟這個假面女說那麼多，浪費口水！剛才新聞還在那邊播報她去偏遠地區假慈悲，現在惡魔的馬腳不小心就露出來。反正妳搬不搬出去住已經無所謂，這房間的租約最近剛好要到期，妳不走，我們離開總可以了吧！」

「莎莉！」美美再度出聲勸阻。

「要離開當然是妳們離開！這裡離公司近、大樓管理又好，我沒事幹嘛浪費時間和體力搬？」貝兒卡看了看昨天才做好的美麗指甲，神情非常不屑。

她想了想，說：「這樣也好，空出兩個房間對我來說再好不過，我的衣服和包包已經多到沒地方擺。既然已經決定好要搬，有時間的話妳們就儘快找到房子搬走吧，我才好找設計師來幫我做個多功能的更衣儲藏室。」

「如妳所願，要更衣間或者什麼的都隨便妳。其實要我們現在搬也行，不過就麻煩妳這假面人再等一下，待我陪美美去希臘參加 CICI 香水年度代言人的選拔賽回來後，一定會立刻去找房子……」

莎莉話還未說完，便看到貝兒卡急促朝她走來。

「希臘？CICI 香水？妳這話是什麼意思？」貝兒卡猛然推了她肩膀一把。

「幹嘛?就是字面上的意思!」莎莉不甘示弱也回推她一把。

身高一百八十五公分的莎莉較貝兒卡多了十公分,離開模特兒界一年左右,身材不再需要維持穠纖合度,因此她的身型占上風,才一推就把貝兒卡狠狠推開。

「拜託妳們別這樣,大家都是好朋友,有話好說嘛!」美美好心向前攙扶步伐踉蹌的貝兒卡卻遭拒絕。

「我怎麼沒聽說妳也要參加!大會不是規定每一家模特兒公司只能派一名代表嗎?老闆明明指名我代表公司參賽,妳們跟著我當跟屁蟲是要幹嘛?」

「哼!少往自己臉上貼金好嗎?」

莎莉在爭辯間忽然感到一陣口乾舌燥,於是走去餐桌拿了她剩下的飲品一飲而盡後,繼續開口:「妳沒聽說啊?老闆的大姐開了家子公司,上頭是希望能擁有多點機會再呈報上去一個名額。畢竟現在模特兒公司林立,模特兒競爭非常激烈,最好能保證可以爭取到這個大合約。況且這家廠商聽說最近有計畫跨領域,推出家飾和包包、飾品等,若人家大老闆願意點頭合作,理當旗下的所有品牌都會優先找我們公司的模特兒代言。」

「何必勞師動眾呢？只要派我參加，一定保證能拿下合約。」貝兒卡自信滿滿的說道，她可是連續兩年成為代言數量最多的名模。

「既然妳那麼有自信，就不用擔心了吧！我和美美呢，只是平常心，把希臘這場參賽當旅遊。參賽活動一共兩天，我們還另外擠出四天的時間準備好好在那邊瘋狂血拚，那麼公司的名聲和未來的遠景就靠妳囉！」

「哼！懶得理妳。」貝兒卡高傲的抬起下巴，不想再和對方一般見識，趾高氣揚的往自己的房間走去。

忽地，美美想起了重要的事情，便再度開口叫住她：「對了小貝，妳外婆的七十大壽要到了，我已經訂好下個月回去的機票和火車票，回去後妳舅舅說會來接我們。」

「回去？妳說回去哪裡？」

「鴨兒村，我們美麗的故鄉啊……」美美提到家鄉時，眼睛都笑彎了，「莎莉這次本來也想跟我們回去看看，可惜臨時有重要的事不能離開。不過明年還有機會，我們到時再帶她回去，她很想看我們的秘密平臺，從那裡看野巴瀑布真的好壯觀喔！」

聞言，貝兒卡不禁蹙起眉心，「秘密平臺？野巴瀑布？怪了！我怎麼都聽不懂妳在說什麼！」

「又來了！這女人又在那邊裝清高，來自鄉下這事妳又想撇得一乾二淨是吧？真受不了這種忘本的人。」莎莉不悅的搖頭。

「小貝，妳外婆很期待妳回去看她喔，千萬不要讓她失望，好嗎？」美美不斷苦心勸說：「這次回去剛好碰上村長交接和葡萄公主的選拔活動，老村長說要找我們當評審，大家都好期待我們回去。」

「那個……」貝兒卡習慣性的歪了一下頭，露出不解的表情，「說真的，雖然我們用的是共同的語言，但我卻怎麼也聽不懂妳說的故事。」

「沒關係，那妳還記不記得明天是什麼特別的日子？」美美閃著晶亮的眼，抱著最後期待詢問。

「明天……難道公司有什麼特別的事嗎？」

「妳忘了嗎……我們的生日……」美美難掩傷心，這是兩人的約定，每年生日一定要送給對方一個特別的禮物，「所以跟去年一樣，今年妳也不會送我禮物了，對吧？」

「喔，我懂了。」貝兒卡冷笑了一下，「所以妳送我生日禮物，為的就是希望我一定要回送是嗎？既然妳都提了，那我也就直說吧！上次妳送的那條項鍊，就是有葡萄和水梨的那個，因為對我來說太幼稚了，所以這次去偏遠山區拍公益廣告的時候，我就藉機會把項鍊送給其中一個可憐的小女孩。」

「啊！那是……」美美聞言感到錯愕。

「好了，若還有事，我們晚點再說。一連三天的拍攝行程我都沒能睡好，我得先上床補眠去。」說完，貝兒卡便頭也不回轉身打開房門進去。

「阿春……那條項鍊是作為我們曾經是葡萄公主和水梨公主的紀念，難道妳不喜歡那段美好的回憶嗎？」美美失望的垂下肩膀。

「什麼樣的人犯錯都有可能得到被原諒的機會，但忘本的人真的是應該下地獄，陷入萬劫不復！」

「莎莉，別這樣……」美美輕斥莎莉的口不擇言。

「本來就是！她現在連辛苦扶養她長大的外婆也不理，每個月不都是妳定期匯錢過去嗎？卻還要假裝是那忘本的女人工作忙、拜託妳幫忙。現在好啦，連生日都要妳回去幫忙祝壽……我說妳到底要這樣掩護她到什麼時候？畢竟紙包不住火，久而久之妳們家鄉的人就會知道她的真面目了。」

「怎麼辦……到時候我該怎麼面對阿春的外婆……」

「哼！這女人故意忘記她原本的身分，連本名都不願意承認。來自窮鄉僻壤的小村落又有什麼好丟臉，比起住在城市的我們，鄉下人更擁有最純真善良的心。我一向不喜歡交朋友省得麻煩，但當初就是被妳們這兩個外表雖土、卻讓人打從心裡喜愛的性格所吸引……」說到這裡，莎莉突然想到一件事，「呵，美美，妳還記得當時的事嗎？」

美美回以溫暖的笑容，「嗯，我永遠都不會忘記我們的第一次相遇……那是深藏在我心中的寶盒裡，一段永不抹滅的珍貴回憶……」

NO. 4 青澀少女的夢想

位於吉隆坡市中心極具指標性的現代化建築物，樓高共有七十層，其中的六十一至六十五樓是元田星模特兒公司總部據點；它的交通位置便利，也是目前全世界最知名的模特兒經紀公司之一。

此時約莫中餐時間，建築物二樓正瀰漫著一股緊繃氛圍，原來是兩年一度舉辦的模特兒培訓選拔會即將開始。

寬敞的等候室裡聚集一些臉蛋漂亮、身材頗為修長的年輕女性，有的極具自信、趾高氣揚，有些忐忑不安的低著頭禱告，無非是希望自己能夠受到青睞。

選拔會規定，初賽時從報名參賽者中挑選出五十位，這些人擁有為期三個月的培訓機會，然後培訓期間經由公司內部篩選評斷，最後能進入公司成為模特兒的，據說歷年來不超過五位。

「前面靠白板附近的那兩位，該不會也跟我們一樣來參加海選會？還是其實本來是想去菜市場逛，卻不小心迷路到這裡來？」

此道尖銳的話語一出，圍繞著她的三名女生紛紛激動的回應。

「小艾，小聲一點啦！」

「呵呵，小艾妳嘴巴好壞喔。」

「罵人不帶髒字，夠毒了妳！」

「有嗎？我只是實話實說而已。」她還刻意拔高音調，彷彿怕等候室內其他人沒聽到似的，「妳們看左邊那位穿著粉紫色碎花裙，應該只有我阿嬤那個年代才有人會穿；另外那一位穿的卡其色襯衫未免也太過時了吧，看看那材質，跟我家的抹布沒啥兩樣。」

「抹布？呵呵，小艾妳真的太誇張了啦！不過被妳這麼一說，我也覺得她們兩位的打扮好像不太符合社會期待耶！」

「沒錯、沒錯。」

小艾的哥哥在元田星模特兒公司任職公關部門的小職員，圍繞著她的三人則是和她同一期在補習班認識的。大家得知小艾有家人在元田星工作，總覺得跟著她應該會提高自己進入模特兒行列的機會，因此這個臨時發起的小團體中的領袖自然而然就是小艾了。

「呃……」美美低頭瞧了瞧自己下半身的碎花裙，再瞥了瞥隔壁友人的卡其色襯衫，兩手緊繃不安的不斷拉扯著裙子。

「怎麼辦？阿、阿春……她好像在說我們耶……」說悄悄話的同時，美美差點沒害怕的流出眼淚來。

「沒、沒關係，我們就當作沒聽到。試鏡時間快到了，千萬要沉住氣，不要受到影響。」雖然阿春嘴上這麼說，但雙腳卻開始顫抖了起來。

「早知道就不要答應來參加選拔會了，我一個鄉下人怎麼可能會被大公司看上。還不是村民們看到這個消息，說我們是鴨兒村的驕傲，並推派我們一定要來參加……我真的好怕讓大家失望喔！村長和村民幫我們籌來的車錢和住宿費，如果落選就是白白浪費了，回去要怎麼跟大家交代？」

「美美，拜託妳別說了，再講下去我真的很怕自己會立刻頭也不回的轉身逃跑。」阿春朝她露出哀求的模樣。

「對不起啦，說這麼喪志的話……」美美深深的吸了口氣，立刻轉念道：「為了不辜負村裡所有人的好意，我們至少要努力撐下去，等試鏡結果出來後，再決定下一步該怎麼走。」

「嗯，妳說的對。也好希望真有那麼一天，我們能夠有能力回饋大家。」兩個好朋友互相加油打氣，使原本一度低落的情緒稍微燃起一絲絲希望的火苗。但就是有人喜歡搞破壞，非要把場面搞得更僵。

「對了！」趾高氣揚的小艾看著前方的兩人不斷交頭接耳，表情凝重到像快哭的模樣，她又忍不住發動攻擊。

「我聽我哥哥說，這次參加海選會的人來自世界各地，報名人數高達兩千多位，因為人數過多，所以今年一共分成A、B兩組，分別於今天和明天進行選拔。有趣的是，我哥說他們同事在整理報名表時，看到有兩位來自同一個村落，她們的經歷中寫到曾經當選過什麼水梨公主和葡萄公主之類的。」

「啊——好俗喔！那是鄉下人才有的選拔賽吧，什麼水果公主的，分明就是要幫家鄉促銷農產品。」

「是啊，我們好歹也能寫出一些賽車女郎冠軍，或者是比基尼小姐亞軍等比較耳熟能詳的資歷。拜託！水梨公主……就算有這種經歷我也不敢拿出來，絕對會成為笑柄吧！」

「小艾哥哥說的來自鄉下的水梨和葡萄公主，會不會真是那兩位……因為她們的穿著，越看越覺得實在是有點土得過分。」

小艾瞇起眼睛點了點頭，下巴高傲的微微揚起，並雙手環胸發號施令：「我們過去問問看，省得在這邊胡亂猜測。」

她率先踏出步伐，目標鎖定前方十公尺處，位於白板附近、緊靠在一塊兒相互加油打氣的二人。

「哈囉，妳們好啊～」

「嗨……妳、妳好，妳們好……」美美先是瑟縮一下肩膀，然後逼迫自己轉身客氣的回應。

她稍微看了前來打招呼的人一眼，可視線不敢停留太久，看不到一秒鐘便再度低頭，只敢把目光朝下，盯著對方的黑色高跟鞋；但這麼一瞧，她又看到了自己腳上穿的帆布鞋，當下自卑感更是猛烈作祟。

「剛才有聽到我說的話嗎？妳們是不是來自同一個村落？」小艾強勢的問話，展現出大城市莫名的優越感。

「對。」美美點頭，她捏了捏阿春的手發出求救訊號，但阿春則低著頭不敢回應。

「哪個村落說來聽聽，說不定我們曾經去過。」

「咳！」美美清了清喉嚨提振士氣。

她平日在村落裡有管家婆之稱，每當舉辦一些活動時，她還會擔任司儀工作，但是來到陌生的大城市，她就不自覺變得膽怯。

「我、我們來自五堂山的鴨兒村，那裡美得像人間仙境。因為我們村落的水質清澈，養出來的鴨子非常聞名，所以便取名為鴨兒村。」

小艾聞言愣了一下，接著便忍不住失態的放聲大笑。

「哈哈！實在太有趣了……鴨兒村，所以是以賣鴨子出名的村落。說真的，有這種地方嗎？我連聽都沒聽過，妳們有哪位知道的？」

大夥兒紛紛搖頭，都在納悶這個聽都沒聽過的地點，除了一人舉手發言。

「有，我知道。吉星百貨的地下街有一家在賣脆皮烤鴨，上次經過銷售員剛好在介紹，他們店裡的招牌鴨好像就是來自鴨兒村。」

「喔……」小艾不是很有誠意的點了點頭，「所以真有這個地方，鴨兒村啊……順道再問一下，該不會妳們那個不知名的小村落裡，偶爾會舉辦什麼水果選拔之類的，比如說西瓜公主或者香蕉王子？」

聞言，在場其他人跟著哄堂大笑。大家都聽得出來，這位看起來不大好惹的小艾小姐分明就是在譏笑兩位。

「我……我們……」美美的頭壓得更低了。

忽地，一陣高跟鞋踩在光潔地板的喀答聲響突兀的自外頭傳了進來，緊接著一道有力的聲音打斷了眾人的訕笑——

「在等候室裡哈哈大笑！妳們這些人把參選會當成笑話看是嗎？」

只見一位身材修長、短髮的女性踩著高跟鞋進入等候室，她倚靠著門框面無表情，雙手環胸冷漠的環視所有人，架式十足。

這名身分不明的女性打扮入時，頭頂還掛了一副名牌造型眼鏡，高貴的香奈兒肩包讓在場女生為之驚嘆，優雅的姿態擁有足夠鎮壓全場的魄力，大夥兒都感受到這人似乎來頭不小。

「沒人跟妳們提過，在這間等候室四處分別裝有隱藏式的針孔攝影機和錄音系統，目的在記錄裡頭所有人的一舉一動。所以妳們剛才的談話內容或者動作，都有可能影響海選會的分數。」

這番言論像炸彈般震撼全場，讓剛才參與討論及譏笑的女生們臉色瞬間變得鐵青。

「蛤？怎麼會這樣！」

「怎麼辦？我會被扣幾分？」

「妳覺得我剛才有笑得很大聲嗎？」

「完蛋了啦！」

「小艾，妳哥沒事先跟妳說嗎？」

頓時，在場所有參賽者都著急回想十分鐘前自己的所做所為，現場陷入一陣慌亂。

小艾這個在十分鐘前態度趾高氣揚、人人不敢侵犯的大小姐，在這一刻儼然成了眾矢之的。

「還不都是那個女生，自以為是誰在那邊囂張！」

「沒錯，仗著自己有靠山就隨便取笑人家，我們剛才本來都安安靜靜的在等待，都是她鬧場害我們跟著大笑。」

「若真的影響到分數，我們乾脆聯合起來找她算帳！」

那名氣勢十足、不知在海選會扮演何等重要角色的短髮女性選擇在此時離場，卻讓小艾頓時陷入低迷情緒，而原本圍繞著她的三名同伴怕遭殃，紛紛藉故去洗手間，暫時遠離是非之地。

經過這事件，所有在等候室的女性便識相的回復安靜，默默的等待著主辦單位下一步指示。

約莫十五分鐘後，兩名相關的工作人員分別抱著兩個大箱子進門，並宣布選拔會即將開始。

「大家注意！我們現在開始發放號碼牌，領到號碼牌後請別在左胸處上方，小心千萬不要被別針刺到。」

工作人員大聲唱名，請在場所有人輪流向前領取號碼牌，現場的氣氛顯得更加緊繃，因為距離進場表現自我的機會就快要來臨。

此時，另一名工作人員開口向在場所有人解釋海選會的流程。

「相信大家應該都已經看過選拔會的相關資料，我這邊再提醒一次。規則是一次六人進入會議室和主考官對談，主考官除了我們元田星模特兒公司的老闆外，也另外請了幾位重量級的佳賓，請大家盡量放鬆心情好好表現，祝福妳們都能得到很好的成績……」

美美忐忑的雙手合十，緊閉起圓而晶亮的眼眸誠心祈禱，希望自己不要被分配到首輪進場。但天不從人願，耳邊傳來工作人員的聲音，頭一位喊到的就是她手中的編號。

「完蛋了！我、我是第一個進場的。」她的手緊張到發冷。

「美美放輕鬆，妳絕對可以的，我們要一起加油喔！」阿春輕拍她的肩給予鼓勵，也順道為自己打氣。

「嗯，一起加油！那我先過去了。」

美美深深吸了一口氣後睜開眼眸，並緩緩踏出沉重的步伐，亦步亦趨跟著帶領她們的工作人員往會議間的方向走去。

她刻意挺起胸膛，並不斷的在心中吶喊著：「加油！絕對不要緊張到同手同腳，為了不讓村裡面的人失望，妳一定要加油、好好表現！」

進入會議室後，美美依照工作人員的指示站定位。

會議室裡，評審坐一排，而首輪六名參賽者三人一排，雙方人馬呈現面對面的方式。此次選拔會的評審共有四位，各個都是模特兒界相關的重要人士，也都是時常出現在媒體的名人。

評審們的座位是黑色絨布單人沙發，長桌上鋪了酒紅色絨布，每位評審的面前都有一瓶世界知名廠牌的氣泡水，以及評斷分數的面板。此時氣氛顯得格外緊張，就像拉緊的弦，一不小心就會斷裂。

接著，先是聽到負責選拔會的主持人開始唱名，並要求參賽者向評審們致敬，隨即是十五秒內簡短的自我介紹。

「一號，美美。」

「各位評審大家好，我是一號美美。」美美按捺住緊張的情緒，盡量發出沉穩的音調自介道：「我來自五堂山的鴨兒村，那裡風光明媚，希望評審們有空能去那裡看看。」

「二號，席林娜。」

「評審大人們午安，我是二號席林娜。不知大家有沒有覺得我很眼熟？因為我曾經當過五年左右的童星，當時拍過很多知名廣告，有奶粉、尿布、嬰兒副食品等等，也有上過綜藝節目表演跳舞，後來因為要上學，家人就毅然決然讓我……」

二號參賽者太想推銷自己，一不小心開口就超過了一分鐘，最後慘遭主持人制止。

「好，我們換三號……」

主持人一一唱名，大家也紛紛依照先前參賽行程表上註明的流程，先向評審們問好，然後簡短的說出自己的名字和自我介紹。

美美挺直身體站在寬廣的會議室中，好不容易漸漸克服了恐懼感。她緩緩將眼眸抬起，正好視線對到了前方的參賽者。

忽地，她倒抽了一口氣，差點沒呼出聲來！

——是剛剛那位，看起來非常有氣勢的女生！原來她不是公司裡的主管人物，而跟我們一樣都是參賽者。所以……這個女生只是出面幫助我和阿春囉！

只見對方剛好也捕捉到美美的視線，她揚起嘴角並俏皮的眨了個眼回應，然後終於輪到她開口說話。

「各位評審好，我是六號莎莉，從小便立志要當個能在伸展臺上展現自己的模特兒，還請評審們多多指教。」

◆※◆※◆※◆

「怪了！怎麼好像來過這裡……」

郝仁眨了眨眼，環視周圍的環境。傍晚的天空飄起了細小雪花，一旁樹上的葉片早已凋零，徒留乾枯的枝條顯得格外蕭瑟。他視線往下看，自己穿著平日出門的休閒短袖、短褲，揚手摸了一下左眼，確認眼罩戴著不怕嚇到路人。

「我穿成這樣還不覺得冷，看來又是夢境了。這回我連捏臉都懶得捏了，根本不用確認嘛！」

因為目光所及之處，實在並非郝仁活著的那個熟悉年代。

「看看那口磚瓦砌成的破井……如果沒記錯的話，從這裡九十度轉身，往山邊方向看去有座醒目的寺廟。哈！沒錯！現在天候不佳，寺廟提早點燈了。對！就是這裡。那個窮書生，還有那隻幾乎要掛掉的小怪物……等等！我站著的這個位置不正是書生的茅草屋嗎？發生什麼事了？」

眼前正好有一位挑著扁擔的村民經過，郝仁攔下他詢問，得到的消息讓他忍不住驚訝的大喊。

「什麼！我明明前幾天來這裡時還好好的，怎麼可能一夕之間變成灰燼？不！哪是灰燼，上頭都被長出的野草完全覆蓋住了。」

「你說幾天前？一夕之間？」村民納悶的蹙起眉心，但還是繼續說下去：「你瞧瞧，現在已是初冬之際，田地的作物早被收成存入倉庫裡，樹木、草地在半個月前紛紛枯萎凋零。可是就這處，無論春夏秋冬，翠綠的野草似乎永不凋謝……傳說這裡是受詛咒之地，但從我開的米店要去釀酒場必定得路過這兒，走了多次習慣後也就不覺得害怕，畢竟日子還是得過下去是吧！」

「傳說？」郝仁咬著下脣想著，難道上回的夢和這次的夢相隔年代久遠？

他再問村民：「大哥，你能再說說看這裡是怎麼回事嗎？」

「是這樣的……養雞的大娘從雞窩裡發現一隻可怕的怪物，被一名窮書生帶回家中偷偷飼養，結果不出半年時間長成一頭如山岳般巨大的野獸。再來……」

郝仁斜眼打斷對方誇張的形容：「什麼？像山一樣巨大的野獸，能夠偷偷養在家裡不被發現，你覺得這話合理嗎？」

「這、這故事流傳下來就是這樣了，我可沒誇大其詞……還、還是說如山丘般……」

村民愣了一下，慢慢思索後似乎也發現蹊蹺。

「雖然是傳說，也不能傳到現在全然變樣！那頭怪獸明明就和我們的高度差不多，傳到現在竟然像山一樣大，扯得要命！什麼鬼啦！」郝仁不以為然的冷哼，再問道：「還有呢？」

「據說村民們集合起來想要除害，因此趁某日怪獸在市集上差點吃掉小孩前，遭埋伏的神射手們同時發射上萬枝亂箭刺穿牠的身體，當場死亡。」

「我聽你在放……」郝仁及時打住失禮的話，「先說你們這小村落裡窮得要死，哪來這麼多箭？還上萬枝咧！頂多十幾枝OK？還有，這故事前頭不是說了，書生怕大家發現便將怪物偷偷養在家裡？最好怪物會上市集閒晃吃小孩！故事誰編的？未免太扯了！」

「哎呀！反正據說怪獸死後，書生因為傷心，再也出不了門，於是村裡開始出現繪聲繪影的傳言，說什麼怪獸的魂魄每個夜半時分會回來在附近嘶吼，甚至還把書生活活咬死！因此村民們為了消除厄運，便把書生的住處燒光。」

「唉……實在聽不下去了。」郝仁雙手環胸不斷搖頭，「就算是畜牲也懂得知恩圖報

OK？原本要被大娘餓死的小怪物沒死，反而被書生偷偷收留著，當成自己的小孩般照顧愛護。我還曾見過他們倆在屋子後院玩鬧的快樂情景，小怪物在臨終那刻，甚至眼角還淌出帶著歉意的淚水。」

「你說在屋子後院？」村民聽了後更加皺起眉頭，開始對眼前的人感到狐疑、防備。他質疑道：「這個傳說雖然可怕，但也是我爺爺的爺爺那個年代的事了，你竟然說你曾經見過？」

「嗯哼～」郝仁勾起左嘴角，「我確實親眼見過，也能證明你們這些愚昧的村民流傳的故事根本是胡謅！」

「快來人啊！這裡有個異類，在這邊胡說八道、危言聳聽！」村民放下扁擔，忽然間跑開、還朝四周狂吼。

「喂！你幹嘛？」郝仁不悅的向前阻止。

「別過來！方才看你一身奇裝異服就覺得奇怪，說話的口音不像這裡的人，又說親眼見過怪獸……你、你！」村民指著郝仁的手開始發抖了起來，接著轉身奮力往前逃竄。

「喂！等等啊——」

郝仁猛然睜開雙眼，趴在桌上的身體跟著彈起。

「醒了。」

方馨萍停下手邊的工作抬眼詢問：「阿仁，又做夢了？」

「是啊！而且夢的內容不輸給婆婆媽媽們愛看的連續劇。」郝仁擦了擦嘴邊因趴睡而流出的口水漬。

「問妳喔馨萍姐~妳有沒有做過一種夢，就是感覺非常有年代的那種。然後在那裡發生了一些事，妳並未參與，只是像在看電影一樣……而且在夢裡有種奇怪的感覺，就是妳對那裡並不陌生，似乎與那裡有種難以形容的牽絆……」

方馨萍打斷他的滔滔不絕：「阿仁，夢就是夢。我知道科學並非絕對，卻不認為夢境代表什麼預兆。爺爺夢過神仙給他一組號碼便樂得跑去買彩券，最後連一個號碼都沒對上；我爸曾夢過我活不過十歲，如今我快三十，沒經歷過任何大病痛和不測。」

「這麼說也是啦！可能是我以前每次重複做同樣的夢習慣了，換了個新劇情卻不大適應。哈！想太多。」

郝仁鬆了鬆頸部，沒料到自己會趴在桌檯上睡著。

他吃完飯後就在這放置定位儀之處守著，並拉來張舒適的椅子，雙眼過於專注的盯著同一處，久而久之眼皮越來越重。

「咦？亮了、亮了！」

眼前的儀器忽然間起了變化。

「定位儀終於發亮！馨萍姐，我們是不是可以準備出發？」

郝仁緊盯著墨色檯面上用透明玻璃覆蓋住的類似模型的物體，只要出現一丁點兒動靜，他便興奮的大吼。

「你不必那麼激動，又不是在演舞臺劇。」方馨萍淡淡的回應。

她雙眸微瞇，緊盯著右手操作的銳利刀片，深吸一口氣後吐出，然後暫時靜止，接著手輕微且迅速的劃過面前的僵硬皮膚，毫無差錯的位置與精準的長度，讓被口罩遮掩的嘴角輕揚了一下。

「拜託，還演舞臺劇咧！誰跟妳一樣總是那麼淡定？我看就算颱風、地震或者海嘯來，都不會影響妳的情緒。」郝仁咂了咂嘴，稍微起身動了動有些發麻的臀部。

「可能妳從小跟在老頭身邊，奇奇怪怪的事看多了才會什麼都不覺得新奇。對了，好像有一句成語是在形容像妳這樣……」他搔了搔頭，懊惱書到用時方恨少，「啊！馨萍姐快看這邊，定位儀上的黃燈一直在不停閃爍，是不是表示他們兩個已經到達目的地？」

方馨萍再度停下手邊的工作，平日情緒很難受到波動的她，非常難得的被那時而激動、時而大打呵欠的郝仁打擾到。

「黃燈亮的區域代表受到強烈訊號干擾，當他們到達目的回報信號，定位儀會跟著發出一陣長鳴。這時美屍坊任何一個角落都會閃爍著訊號燈，就是即使在睡夢中也會發亮到讓你驚醒的那種，所以你不需要特地守在這邊了。」

「是喔。啊——煩死了！」郝仁煩躁的抓了抓頭髮，心裡突然感到懊惱，「像我這種急性子的人最不適合坐在這邊枯等，早知道會像現在這樣坐立難安，倒不如直接就跟大家一塊兒出發。」

方馨萍繼續手邊的工作，隨口回答他的話：「所以等待這種事就交給我，下次記得不要再死纏爛打。」她邊淡淡的說，邊隔著橡皮手套觸摸著屍體的頸部，同時蹙起了眉心，似乎不大滿意這個觸感。

「OK！現在知道了，以後我肯定會選擇當前鋒，省得在這邊忍受妳那些自以為平淡卻不知有多傷人的酸言酸語。還好那個叫什麼櫻花先生的日本人已經跑去投胎，否則要怎麼忍受跟這種人在一起生活嘛！」

他喃喃的說著，音量不大不小，但他知道某人一旦埋首於工作，除非炸彈來襲，否則她都能夠置之不理。

「阿仁！幫我從銀色矮櫃裡找出一只紅色小瓶子，然後從裡頭拿出一顆膠囊來。」

「喔。」

聞言，郝仁暫時離開守了將近三個鐘頭的定位儀，踏步來到工作檯邊的銀色櫃子前方。

「妳說紅色罐子嗎……」他打開矮櫃，突然一陣冷風迎面襲來，「哈——哈啾！幫幫忙，這些藥品有必要放在冰天雪地的環境中喔？」

櫃子冰箱的裝置，以負三度的恆溫控管。

「我的藥品很嬌貴，幾乎都怕熱。」

「這種溫度沒凍壞藥品就先凍傷人！來來來～讓我仔細找找看妳說的紅色瓶子……哎呀！這邊這邊，紅色瓶子就這麼一個，特別顯眼，我這個好幫手馬上就幫妳拿出一粒膠囊來哦～」

郝仁一邊喃喃自語，一邊使力轉開瓶蓋抖了抖瓶身，準備將膠囊倒一顆在掌心上，卻又在一道悠悠的嗓音傳來後立刻停止動作。

「阿仁，我勸你最好使用鑷子夾出膠囊比較好。」

「為什麼？這膠囊裡頭到底裝了些什麼玩意？」郝仁直覺手上的東西有危險，反應迅速的將它擱置在一旁，「早說嘛，還好我一向動作敏捷。」

「膠囊裡頭裝的是一種從箭毒蛙的黏液萃取出的精華，毒性強烈，一顆膠囊的售價約一百五十美金左右。」

「靠！誰管這膠囊要多少錢，那不是重點OK？重點是我們這裡有必要放一些含有劇毒的東西嗎？怎麼想都覺得危險！」

郝仁激動的訴說著心裡的不悅，忽然又防備的看向正拿起器械朝工作檯上屍體頸部劃過的方馨萍，器械的藍光反射在她臉上，讓她的目光看來更加駭人。

「等等！00886已經是一具屍體了，妳還要用這什麼毒蛙萃取的鬼東西再來荼毒它喔？」

方馨萍嘆了口氣，無奈的開口解釋：「人世間具有微妙一體兩面的關係，有些東西在某方面來說是壞處，卻在另一面呈現助益。這膠囊對人類而言是致命的劇毒，但處理這些貨物僵硬的皮膚和筋絡組織時卻是最棒的輔助品……這樣解釋懂了嗎？」

「嘿，這樣喔，誤會大了。」他搔了搔頭，覺得自己反應過大，便轉頭找來鑷子伸進瓶口內取出一顆膠囊，「那馨萍姐，如果這粒膠囊的成分對屍體是好東西，那人類碰到會有什麼結果？」

「膠囊外的薄膜只要放置在室溫下超過五分鐘就會軟化，若是碰到人體的溫度不用二十秒。這種毒不至於讓人致死，頂多抽搐失聲，若是皮膚碰到，輕微點就是紅腫發癢，但過敏體質嚴重的話，可能會發生潰爛現象。」

聞言，郝仁誇張的往後一彈，差點沒把手中用鑷子夾住的膠囊彈飛出去。

「喂喂喂！還抽搐潰爛咧！這麼毒的東西妳還叫我拿，誰知道我是不是過敏體質，萬一中毒了怎麼辦？」

「快點幫我拿過來，膠囊暴露在空氣中太久會融化。」方馨萍將戴著特製手套的手攤開催促道。

「知道了啦，這麼猴急！不過說好了，萬一出事情，記得要救我一命。」他心不甘情不願的走向方馨萍，並小心翼翼的將拿著鑷子的手伸了過去，「喏，拿去。」

「謝謝。」

方馨萍隔著特殊材質手套的右手接住膠囊，拇指和食指輕輕一壓，便迅速的將擠出的汁液塗抹在方才她將屍體頸部割出的裂痕上。

「所以我剛才不是提醒過你了，最好用鑷子將膠囊夾出來。」

「拜託！這種嚴重的事情怎麼只是提醒而已，應該要發出強烈警告才行。妳是不是凡人啊？懂不懂得喜怒哀樂情緒？不懂我來教妳。」郝仁將袖子捲高，「像這個時候妳應該大喊：喂！小心有毒！或者是狂吠幾聲『小心！千萬不能用手拿』……之類的。」

「可是意思不是一樣嗎？」方馨萍歪了一下頭表示不解。

「哪裡一樣了！差很多OK？」郝仁抓了抓頭，只覺眼前這美人難以溝通，「再說像這種裝有強烈劇毒玩意的瓶子上，應該貼上嚴重的警告標語，若怕別人不識字也可以貼個骷顱頭圖案，醒目一點，別人看了才會有所警惕。」

「所以我才特別選用紅色瓶子，難道紅色不夠醒目？還是要銀色或者黑色？」

方馨萍理所當然的回答，卻似乎沒把心思放在郝仁身上，仍專心對付她面前的貨物。

「拜託！哪裡是顏色的問題，應該是說……唉呀，算了！跟外星人說話說得通才有鬼。」郝仁囁嚅的抱怨，不想就這無解的話題繼續爭辯。

「阿仁，我爸出門前交代過，廚房的冰箱裡有焦糖布丁，嘴饞的話可以拿出來吃。」

「知道了啦，想趕人家走就直說，我又不是三歲小孩吃布丁。」郝仁悻悻然往門口方向走去，「那我回房間打電動去，省得坐在這邊被人嫌。如果定位儀確認地點後發亮還沒看到我走出房門，那就代表我睡死了，記得來叫我。」

NO. 5

降頭小屋與黑衣人

五堂山的鴨兒村有間三光國小，全校師生人數加起來不超過一百位，因為偏遠山區的人口本來就少，而校內大部分學生來自山區的兩個村落。

此時學校廣播敲打出放學的鐘聲，沒一會兒校門口便陸續出現許多活力十足的學童。

「阿春，不要哭嘛。」

「可是我……嗚……」

兩個樣貌清秀的小不點，頭戴著黃色小圓帽，瘦小的背上背著書包。她們離開學校走上鴨兒村主要幹道，然後轉入一條羊腸小徑，約五分鐘後便能看到一片青翠草地。

草地上有一處平臺，站在平臺上便能遙望前方有些距離的野巴瀑布，此為兩個小女生共同的秘密基地。她們肩並肩坐在平臺的一顆大石頭上，苦著兩張嬌俏的小臉，說著說著便相繼哭了起來。

「吳萬德和李東強他們笑我，說我媽媽很老……嗚……那是我的外婆！外婆說爸爸、媽媽在我很小的時候就已經先去天堂了，可是他們還是一直笑，哇……」小女生痛哭失聲。

「他們是討厭鬼！沒關係，我知道阿春的外婆是世界上最好的外婆。」

「嗯……」阿春吸了吸鼻子，終於破涕為笑，「以後我一定要賺錢很多很多的錢來孝敬外婆。」

「嘻～而且我剛才已經幫妳出氣，罵過他們了！」

美美從口袋裡掏出鵝黃色小手帕，伸手擦了擦好友濡濕的臉頰，再回頭擦拭自己的臉。

「謝謝妳美美，因為幫我出氣害妳被吳萬德拿剪刀剪掉辮子，真的很對不起。」

「沒關係，阿春，我會永遠陪在妳這邊，不准別人欺負妳。」

「嗯，我也是。」阿春用力點了點頭。

美美忽然想起一件事，開心的說：「對了，我媽媽說明天是我們兩人的生日，村長奶奶要幫我們做一個很大很大的生日蛋糕喔！」

「啊？真的嗎？」阿春驚喜的大喊。

「對呀，昨天我媽媽送香菇去山下，在公車上遇到村長奶奶……奶奶突然想起我們兩個同一天生日，就說剛好她要下山去市場逛逛，回來順便買點做蛋糕的材料。」

「哈哈，村長奶奶真的對我們好好喔！還記得我們是同年同月同日生的好朋友，每年都會幫我們做蛋糕。」

美美皺了皺小巧的鼻頭，「還有喔，村長奶奶說她記得妳最愛吃草莓蛋糕，剛好現在又是草莓盛產的季節，她會幫我們買又大又好吃的草莓。」

「耶！太棒了！」阿春興奮的跳下大石頭旋轉身體，轉呀轉的忽然又想起了什麼，「對了美美，妳應該不會忘記我們的約定吧？」

「怎麼可能！我們說好每年都要送給對方一份驚喜的生日禮物，我可是為了這份禮物忙了一個星期唷！」

「呵，我也已經準備好了……那我們要先猜猜看嗎？」

美美立刻搖頭拒絕，「才不要，這樣就不好玩了。」

「那好吧！我真的好期待明天快一點到來，晚上一定會睡不著的。」

「嗯。」美美看著好友期待的表情，自己也笑得燦爛無比，「阿春，我們能不能永遠都像現在這樣，一直當很好、很好的朋友呢？」

「當然可以啊！」阿春堅定的回應著，「我們來打勾勾，以後不管我們到了哪裡，長大之後也要像現在這樣相親相愛，當最好、最好的朋友喔！」

◆※◆※◆※◆

「靠！什麼烏漆摸黑的怪東西？一直掉到我們車子的擋風鏡上！」

郝仁熟練的握著方向盤，行駛在沒有路燈的產業道路上，行進間不斷被撞上前方擋風玻璃的不明物體影響。

「應該不會是什麼動物糞便之類的吧？」

聞言，方馨萍微瞇起眼眸向前觀看，「看樣子應該是毒蠍。」

「毒、毒蠍？」郝仁忍不住大吼：「什麼鬼地方！好像任何生存在這裡的東西都有劇毒！剛才我下車灑泡尿就看到好幾條眼鏡蛇，嚇得我趕緊跑回來，差點沒尿濕褲子。還有，上車前看到幾隻色彩鮮豔的小青蛙，本想抓幾隻帶回去當寵物養，好在妳及時阻止我，說那是毒蛙。」

「在山區，無論看到的是動物還是植物，只要顏色過於鮮豔的通常都具有毒性。像是你剛才原本俏皮的想摘下來當裝飾的毒菇，即使不用吞進肚子裡，光碰到皮膚都會感到奇癢無比……」方馨萍面無表情的解釋著。

「靠！妳才俏皮咧，我這個正港man的男人哪裡俏皮了妳說！誰會知道那些漂亮的小菇有毒！我看什麼林管處或者誰誰誰的，應該在這一帶立幾個牌子，警告登山者千萬勿採、勿食、勿碰！」

方馨萍歪著頭，露出十分納悶的表情，「怪了！我以為這應該是身為人類生存的最基本常識才對，難道我對這世界期望太高了？」

郝仁撇撇嘴，「哼！馨萍姐妳這招我領教過了，只會拐彎抹角的酸人家，乾脆直接一點罵我白痴比較快。」

「嗯哼。」她理解的點了點頭，「既然是你自己提出要求，下次我會注意。」

「啐！懶得跟妳計較。」郝仁不禁翻了翻白眼，跟她這等狡辯高手爭論只能不斷中槍，乾脆閉嘴自保。

當他們二人收到來自紅眼怪客團其他同伴到達目的地的訊號後，便啟動美屍坊內部以及小貨車的定位儀，從屋外神秘的平臺處往前方的大樹出發，就這樣空間交錯瞬間移動到希臘城市中離同伴們最近的山區。

「叭叭～」

方群強烈規定不得在山區內按喇叭，深怕他們詭異的行蹤會曝光，郝仁只好自己喊叫並隨意哼唱。

「叭叭～叭啦叭叭～什麼野貓、野狗、野豬、野雞全給我識相點閃開，小心被我的車輾到了在那邊唉唉叫！還有噁爛的毒蠍、毒蛙和毒蛇，滾回你們的窩裡冬眠去，老子我要下山去看名模，最好不要阻擋我！叭叭叭～」

方馨萍不著痕跡的瞄了一下身旁駕駛座上的郝仁，眉心不自覺的微微蹙起。

從美屍坊出發，瞬間移動至山區往山下的車程將近半個鐘頭，他的嘴巴幾乎沒停過，一會兒唱著自創的歌曲，不然就是鬼吼鬼叫……

她想，前幾個夜晚在陽臺上看到的景象，難道只是一場夢？

有天晚上，方馨萍從工作室回到主屋——她常常因為工作忘了時間，直到強烈的頭痛感襲來，才驚覺已經是三更半夜，該是回房間休息的時候——當她準備上二樓臥房前，通常都會先經過廚房拿點東西解解饞，這個夜晚卻意外看到陽臺上似乎出現人影。

她走近並隔著玻璃落地窗往外瞧看，發現原來是郝仁正優閒的側身站在露臺邊，一隻手肘靠在木製的柵欄，一隻手插進褲袋內，仰著臉朝向夜空；昏黃柔和的月色灑在他的臉龐，嘴角微彎露出滿足的笑。

她不得不承認這幅畫面真是唯美動人！

雖然一直以來，郝仁誇張的臉部表情以及逗趣的舉動，實在難以和唯美二字畫上等號，但沒想到他也會有如此閒適儒雅的一面，讓人看了不自覺跟著感到放鬆。

隔著落地窗的郝仁似乎感覺到注視他的視線，便緩緩的轉頭迎向關注他的人，那陌生的表情頓時讓方馨萍的心漏跳了一拍。

那是男人的眼神，一種散發出成熟優雅的氣度。

讓她在那一刻幾乎要……幾乎快要……

「喂！馨萍姐、馨萍姐！妳幹嘛看著我發呆兼流口水？」

郝仁轉動方向盤讓車身拐了個彎，並嫌惡的看向鄰座的人，意識到會不會是自己的魅力煞到她。

「哈～我知道自己的身材還算不賴，舉手投足間散發出超級man的男人味。好啦！雖然我的鬢角還不夠有型，剛留的鬍子一不小心夢遊剃掉……但妳該不會是喜、喜歡上我了吧？」

聞言，方馨萍立刻回神收回自己的失態，卻沒有立刻回絕否認。

「怎麼？我不符合你的胃口？還是你介意我的年紀老到可以當你阿姨？」她攏了攏秀髮，刻意保持以往的鎮定。

「拜託！雖然馨萍姐大我十歲，不過妳放一百顆心啦！」郝仁揮了揮右手，表示他心中的想法，「我們兩個站在一起，絕對沒人會以為我們差那麼多。再說，妳美得像仙女下凡，一般正常男人看到妳，肯定會在那邊心裡小鹿亂撞，並且偷偷吶喊著：靠！這妹未免也太正了吧！」

方馨萍手比了比自己，「所以在你眼中……我算正？」

「拜託，少在那邊假仙說自己還好什麼的。就像我們待會兒要和 Tony 哥他們會合，雖然可以看到一些時常出現在媒體上的漂亮名模，不過說真的，妳一點也不輸給那些美女。」

「是嗎？」方馨萍側身覷了他一眼，「既然如此，那你剛才露出那什麼嫌惡的表情？」

「嘿嘿！不是我要說，雖然人美看了賞心悅目，但個性再差也不能低於平均值太多。這樣好了，請問一下馨萍姐，妳有朋友或好姐妹什麼的嗎？」

方馨萍挑了挑秀眉，「朋友、好姐妹……需要嗎？」

「在路上隨便抓來十個女生，九個都會回答需要，另外一位說不需要的就是妳！那妳平常會找人去喝下午茶嗎？」

方馨萍搖頭，「喝下午茶太浪費時間，再說只要中餐吃飽、晚餐準時吃，胃哪裡還需要下午茶來填飽？」

「幫幫忙，喝下午茶不是為了填飽肚子。一般女生就喜歡找幾個好姐妹喝下午茶，順便八卦一下。那好，出去弄個指甲、做臉、上髮廊或是去百貨公司血拚之類的，總有一個會做的吧？」

「我的工作需要保持指甲短且整齊，所以無法迎合流行。我討厭皮膚黏膩的感覺，更討厭無謂且繁複的保養程序；通常洗過臉後，用的是我爸送我的化妝水乳液二合一的保養品；髮廊的器具多人使用，不知有沒有徹底清潔過，所以我從小留了一頭短髮，不染不燙省得麻煩，偶爾需要修剪就交給我爸，用專屬於我的剪髮器具。至於你剛提到的逛百貨公司，在這科技日新月異的時代，有什麼東西在網路上買不到的嗎？同樣價格不需出門，只要動個手指便能送貨到府，何樂而不為？」

一連串的辯解答覆，讓郝仁聽了覺得錯愕。

「是、是、是！我們馨萍小姐說的都有道理。」他嘴巴附和，臉部表情卻洩漏了心中的想法。

「所以重點來了！妳是個獨立新女性，樣樣事情都可以自己來，而且具有優秀的學歷、天才頭腦、錢又多多，誰跟妳在一起都覺得矮上一大截，生活久了肯定背越來越駝，性格也越來越孬。我看啊～除了童話世界裡那種從小生長在皇宮的王子和國王，才有資格配得上妳。」

「所以阿仁……你最近覺得自己有什麼不一樣的地方嗎?」

「蛤?什麼意思?」郝仁不禁愣了一下,「幫幫忙,妳話題也未免轉得太快了吧!什麼不一樣的地方?妳是指……我這隻怪怪的紅眼睛?」

「沒什麼,隨口問問而已。」她聳了聳肩,感到空氣有些沉悶,便打開車窗讓車內空氣流通。

郝仁想了想後,說:「要說有什麼改變的話,應該說自從老頭幫我們接案後,我的存款簿裡頭累積了不少財富。」

他一拍方向盤,繼續道:「電視上那些理財專家常說,年輕人要規劃在出社會幾年後努力存到人生第一桶金,我呢才不過十八歲,一夕間就擁有了好幾桶金,想買什麼都有能力買。像我昨晚就上網訂了一臺遙控直升機,那臺的功能和配備堪稱最頂級……難怪老頭死愛錢,因為有錢的感覺真好。」

「會嗎?」方馨萍不以為然的冷哼。

「拜託！妳哪裡會了解這種前所未有的快感，畢竟 Tony 哥的上市公司規模大得嚇人，老頭也從靈界那邊賺了一堆可能好幾輩子都用不完的錢。妳呢可說是含著金湯匙、不！應該說是含著鑽石湯匙長大的嬌嬌女，哪裡會懂得我們凡人沒錢的苦悶……像我家裡還算小康，但零用錢卻少得可憐……」

方馨萍靜靜的聆聽，臉上雖然沒出現任何顯露情緒的表情，但她的視線卻忍不住觀察比較著此刻的郝仁與那個夜晚陌生郝仁的一舉一動。

「實在是差太多了。」她打量了一會兒後，悠悠的下了評語。

郝仁挑高一邊濃眉，「蛤？什麼差太多？」

「沒事。」

「喂！尊不尊重人啊？我才正講得起勁，妳就沒頭沒尾的冒出一句什麼差太多……所以我就說根本不是什麼年紀差多少的問題，這年頭姐弟戀還超夯的……」他講到激動處還口沫橫飛。

「好吧！既然話都攤開來了，那我就不客氣直說了。馨萍姐妳可能不知道自己對他人而言到底有何觀感，但就我眼裡看來，妳是個徹頭徹尾的怪咖！不管妳長得多漂亮，學歷經歷多優等，要不是妳……」

「阿仁，快停車。」

方馨萍一句淡淡的命令，不慍不火的打斷幾乎沒有斷句的評論，卻叫鄰座的郝仁火氣直衝腦門。

「靠！妳這人到底懂不懂得禮貌！」郝仁乾脆猛力踩下煞車，並刻意將外套袖口往上頭捲，一副準備幹架的備戰狀態，「我剛才不是耳提面命的重申過，妳得要清楚了解在這世上人和人之間相處最基本的道理無非是尊重，如果……」

「熄火！我們下車。」

「什麼？下車？等等！我話還沒說完，妳至少……」

郝仁提出嚴重抗議，見方馨萍先行打開車門下車，他也只好暫時熄火、扯下安全帶，迅速衝出車外跟上前去理論。

「這樣也好，想說在車上很難吵架是不是？誰怕誰？有理的人是我、不是妳，要下車就下車……」

「噓～」

郝仁才剛下車，動個不停的嘴巴倏地被身後襲來的掌心緊緊摀住。

「閉嘴，前面有人。」

「唔……」

方馨萍見他點了點頭才將手放開，郝仁這下子懂得自己需要放低音量，「妳說哪裡有人？這時間出現在這座荒郊野外的山區，我們應該確認他到底是人還是鬼吧？」

「剛才車子轉彎時，我從某個角度看到前方一大排竹林區的後方有間小屋子，若沒看錯的話，屋裡頭似乎有亮燈。」方馨萍刻意壓低音量說道。

「真的假的？這地方有房子，該不會是鬼屋？」

「如果裡頭住的是鬼而不是人，那也沒什麼好怕的。你忘了自己具備的特殊能力嗎？鬼看到你可能還要下跪懇請求救呢。」

「哈！也是，我都忘了自己前陣子還被封為靈界最閃亮的一顆新星。」郝仁耙了耙頭髮，一臉得意洋洋，不過一想到鬼魂，他依然還是覺得心裡發毛，「話是這樣沒錯，不過再怎麼說我畢竟是人，如果看到鬼魂突然出現在面前，雙腳還是會忍不住抖個不停。」

「鬼又如何？人又一定比較善良嗎？」方馨萍淡淡的說出心裡的觀感，「這世上有時候與人的相處更為複雜，那些權勢名利薰心的人心裡才是真正的黑暗，人一旦起了欲望和貪念，那才是真正可怕的開始。」

「這麼說也是……」他有同感的點點頭，「不過馨萍姐，妳未免對人性的想法太過悲觀了吧！」

「會嗎？」她無所謂的挑了挑眉，「好了，我們先過去那邊瞧瞧，記住動作放輕點，千萬別被發現。」

「好啦，我已經夠躡手躡腳了OK？」他誇張的以太空漫步方式往前行。

兩人有默契的盡可能壓低音量，連移動的步伐也輕巧無比，轉了彎後來到竹林邊，就著一大片的竹葉形成最好的遮蔽物，映入眼簾的是一間用竹子搭建的簡便小屋。

恰好有人從屋子裡走了出來，此人披了一件黑色長袍，袍子由頭往下包覆住全身，在昏暗的夜色裡根本難以分辨此人的身分。

「那個人好像準備要開車離開了。」郝仁用氣音小聲說著，好在因風吹拂而摩擦的竹葉發出沙沙聲響，掩蓋住了他們壓低音量的對話。

方馨萍合理的猜測道：「他開的那輛車子沒有車牌，而且又穿了一套能夠遮掩住身分的長袍，看來應該不是做什麼正當事。」

「馨萍姐，我們應該沒必要和這不知是人是鬼的東西正面交鋒吧？萬一他身上備有刀槍還是什麼武器之類的，我們徒手對付肯定沒有打贏的勝算。我還年輕，可不想慘死在這座不知名的山上。」

「嗯，等他離開後我們再去屋子裡頭瞧瞧。」

「馨、馨萍姐！幫幫我……我……」

郝仁忽然神經緊繃，拍了拍她的肩膀發出求救，但對方只是狠狠的瞪向他，用嚴厲的眼神給予警告。

「噓～」

蒙面人鬼鬼祟祟的自屋內走出來後，掏出鑰匙將門上了大鎖。他似乎聽到不明聲響，於是緊張的四處觀望，直到確認附近沒半點人影出現，這才動作迅速的進入黑色小型房車內；車子發動才沒多久，也沒時間暖車，立刻以高速呼嘯離去。

「沙沙……」

「沙沙沙……」

靜謐的空氣中少了車子引擎發動的聲響後，此刻顯得更為死寂。

過了一會兒，確定不再出現任何動靜，躲在竹林後的兩人才相繼走出來。

「不是說害怕正面交鋒？你剛那是什麼意思？」解除警戒後，方馨萍忍不住發出責難。

「我那是正常的生理反應OK？剛才不巧有隻毒蠍從我球鞋上面爬了過去，萬一牠不爽螫了我一下，不就當場要我的命？會嚇到的才是正常人。反正剛才沒被發現，妳就別找碴了吧！」

方馨萍瞪了他一眼後決定不追究下去，「這山區只有一條產業道路，少了路燈的指示，那個人車速還這麼快！」

「沒錯，是想準備送死嗎？」郝仁拍了拍兩邊的肩膀，深怕方才在竹林中又有什麼其他小蟲子掉落下來，隨口說道：「我說這女人真是莫名其妙，大半夜一個人自己跑來這裡，不是有病就是來幹啥勾當。」

「你說女人？」方馨萍聽了不禁微蹙眉心，抬眼望向他，「那個人全身上下包得密不通風，甚至還刻意蒙面，都這麼面面俱到的想要隱藏身分了，你竟然還能看得出性別？」

「拜託，那有什麼難的！從她走路的樣子就看得出來。妳有沒有聽過木蘭從軍裡頭有句詩詞好像是這麼說，雄兔腳撲朔，雌兔眼迷離，兩兔傍地走，安能辨我是雌雄？」

郝仁搖頭晃腦的背誦著少量沒忘的詩詞，忽然覺得記憶力似乎沒自己想像的差。

「嗯哼，意思是如果兩隻兔子在地上跑，人們就很難分辨雌雄……但你說分辨出來的原因是走路姿勢，和這詩詞呈現矛盾吧？」

「隨便啦，讓我秀一下難得背起來的詩會死喔！」他尷尬的辯解著，「再說，妳剛才沒注意到那女人走路的姿勢有多曼妙嗎？雖然她那看來一百七十多公分左右的身高讓人猜想可能是男人，但我只要看走路的姿勢就能分出是公是母。還有，妳不覺得她走起路來好像在走伸展臺？看了讓人覺得賞心悅目。」

「伸展臺？」這說法讓方馨萍感到狐疑，「阿仁，你確定我們看的是同一個目標？為什麼我眼睛只看到慌張，甚至有點鬼鬼祟祟的人倉皇離開？」

「哈！只能說我觀察入微，平常我也會注意一下名模們的動向。網路上 google 一下模特兒走伸展臺，一堆影片跑出來隨便點閱觀看，我蹲在馬桶上撇條沒東西看時偶爾也會欣賞、欣賞。」他說得越來越起勁。

「再說，畢竟我也是經過一些大風大浪的人，自從幸福島後跟著老頭接了幾次案，就覺得自己越來越像名偵探柯南。有句成語是不是可以這樣用：見微知著。只要出現一丁點徵兆，我的腦海裡便會湧出無限的連結，試圖穿針引線將一切事情的來龍去脈明朗化。」

郝仁撫了撫下巴得意的咧嘴笑，正沉浸在勝利的世界時，又被一道聲響拉了回來。

「還不過來這裡，你還要傻傻愣在那邊到什麼時候？」

「傻傻愣、愣在……」郝仁見對方已經站在屋子門前，看來方才並沒有仔細聽他訴說自己的豐功偉業。

「哼！真是個沒情趣又沒禮貌的女人，剛才還在那邊問為什麼她不行。當然不行，行的話就是見鬼！要我跟這種不懂得基本尊重的女人走一輩子，根本就是活坐牢。」

「阿仁，你有時間在那邊嘀咕，不如過來看看這鎖能不能打開。聽馬克說你最近上網訂購了一些好用的工具，有沒有開鎖這類的東西？」

「哈！怎麼沒有？我啊沒啥優點，但至少懂得未雨綢繆。」郝仁從口袋掏出車子鑰匙，他需要的工具也別在這一串當中。

「還好今天剛好能派得上用場，不然你身上帶一些林林總總的工具，沒有拿出來使用的話，就是白帶了。」

「沒錯。這是我在老頭介紹的網站中看到的，據說這玩意兒能夠開遍任何一種鎖，當時花了我不少錢，想到還覺得心痛！現在就來看看花這麼多錢到底值不值得，可千萬不要讓我失望才好。」

郝仁將門外看起來精密的大鎖拉起，透過月光看向大鎖洞孔，跟自己手上這把萬用鑰匙感覺相差甚遠。

「不會吧？我這把鑰匙size細太多了，怎麼可能打得開！」

他試探性的將鑰匙插進洞口內，確認了這把傳說中的萬用鑰匙尺寸不符。

不過說來奇怪，當他欲將鑰匙拔出來的同時，忽然感覺到鑰匙出現變化。一個輕微短暫的震動後，鑰匙忽然變寬卡住並與洞口密合，然後自行轉動發出喀擦一聲。

「哇靠！會不會太神奇了？沒想到它還真能把鎖打開！看來老頭介紹的沒錯，那個神秘網站賣的全都是好貨。」

他欣喜的大動作拔出鑰匙，並神聖的親吻了它一下。

「我的親親好寶貝好在沒給我漏氣，哈哈！馨萍姐妳看看，這把萬用鑰匙是不是……咦？馨、馨萍姐……」

郝仁左顧右盼看不見人影，忍不住翻了翻白眼。

「靠！又讓我一個人在這邊耍白痴自導自演，到底懂不懂尊重兩個字要怎麼寫！」他一邊抱怨，一邊跟著踏進屋內。

「阿仁，我仔細搜查過了，這間屋子裡什麼都沒有，只布了一個疑似下降頭的陣法。」方馨萍向剛進門的郝仁說明。

「蛤？下降頭？」他眼歪嘴斜的反應道：「雖然我不是很懂下降頭是什麼鬼，不過聽起來就像是種謀財害命的做法。」

「嗯，反正絕非善物，而且看這陣仗，應該有高人指點過。」

「那女人到底是跟誰結了如此深仇大恨，有必要用這麼狠毒的咒語嗎？這世上什麼人都有，那個什麼老子、孔子、什麼子的，還在那邊大談人性本善，我聽他在放屁！」

郝仁在小屋內繞來繞去，這邊摸摸那裡瞧瞧，就是不敢輕易觸碰神壇上的任何物品。小空間內的房梁特別低，讓高大的他只要手一舉便能輕易摸到天花板。

「不過真令人好奇，下降頭到底要怎麼下？」他摸了摸下巴打量著前方，「神壇上只擺了一個破碗和一張鬼畫符，還有一只像是什麼甕之類的東西，妳不說我還真看不出來有什麼不對勁。」

「你所謂的鬼畫符，若沒想錯的話，應該是某人的生辰八字；碗裡的血，應該是剛才那位女生劃破手指所流出來的血液；而在甕裡燃燒的東西，應該就是所謂的五毒。」方馨萍猜測道。

「五毒？那是什麼鬼？」

「五毒指的是自然界中的五大毒蟲，比方說蠍子、蛇、蜈蚣等，將牠們活活燒死後放在甕裡頭，跟著香灰一起燃燒，取一些毒粉放置在想要下降頭的人家中，毒物的魂魄將會自行找到受降者並將他咬死身亡。」

「蛤？下降頭有這麼神喔？被毒物的魂魄咬死，那分明是怎麼死的都不知道。就算請超神法醫來鑑定，得知死者死因是被下降頭，但也沒法找出害人的凶手……那個狠毒的女人真是高招。」

「的確高招，殺人不見血。」方馨萍同意的點頭。

「幹！太可怕了吧。」一陣發麻感襲了上來，讓郝仁忍不住用力抓了抓頭皮，「要是人人都會下降頭的方法和咒語，那不就世界大亂了！只要誰看誰不爽就下降頭，整天一堆人慘死在街頭。」

「所以要下降頭並不容易，爺爺說過降頭師千古難尋。要不那女人自己本身就是降頭師，不然就是用了某種不堪的方式找到降頭師請示。」

「嘿嘿！」郝仁刻意挑了挑兩道眉，「不堪的意思是指出賣肉體那種喔？該不會降頭師都是色老頭？」

「若只是出賣肉體純粹個人選擇，我不予置評，但如果出賣的是自己的靈魂，那這個人活在世上等同行屍走肉。」方馨萍冷冷的說著。

「什麼？出賣靈魂？那麼抽象的東西是要怎麼買賣啦？不懂。」

「下次你再請爺爺解釋給你聽好了，我很少開口說那麼多話，講到都覺得口渴了。」

聞言，郝仁睜大眼睛，「高招、高招！妳這種消滅人際關係的做法，肯定不輸給下降頭，還口渴咧！最後再問一個問題OK？盡量不浪費妳珍貴的口水。老頭有提過要怎麼破解這種降頭嗎？反正既然我們都發現了，乾脆想個法子破解一下，才不會白白送走一條寶貴的生命。」

「無解。」方馨萍無奈的聳了聳肩。

「無解？就、就這樣？」

「除非是法力高深的降頭師才有辦法，若我們隨便移動陣法，不知會不會讓受降者死得更慘；又或者碰到這些擺陣的物品，是不是會讓我們遭來不幸也不一定。我想我們還是識相點，不要隨便觸碰吧！」

「呼！還好有先問。」郝仁誇張的拍了拍胸口，「我剛還在想要不要把神壇上的符紙拿起來瞧瞧，因為上頭一些鬼畫符的，到底在寫些什麼都看不懂，好險沒隨便拿……咦！怪了，上頭怎麼會有一片花俏的小東西？」

雖然只是小小一片躺在神壇的角落，但在這間完全沒色彩的屋內看起來格外顯眼。

「阿仁，這證明了你的觀察力十分高明，我剛仔細搜查都沒看到，這應該需要放大鏡或者顯微鏡才能發現吧。」

「少來了！聽妳那口氣就能感覺到話中另有含意，我看妳應該想說我眼尖吧？哼！對了，會不會是剛才那個女人不小心掉的？」

郝仁微傾身體就近觀察了一會兒後，便小心翼翼的將一片小小的不明物體撿起來，確認應該沒有危險後便放在手中把玩。

「我說這亮晶晶的到底是啥玩意兒？」

方馨萍看了一眼那東西，說：「看這形狀，應該是水晶指甲類的東西。」

郝仁誇張的瞪大眼，「喲～我們美屍坊唯一一朵花，從不去美容院和髮廊報到的方馨萍小姐，竟然也懂水晶指甲這玩意兒喔，真是不簡單。」

「俗話說：沒吃過豬肉也看過豬走路，像你沒看過毒菇，卻不知道色彩鮮豔的菇不能碰……」她斜眼瞥向郝仁。

郝仁趕緊舉起手投降，「OK！妳贏，小弟甘拜下風。不要再開口了，妳的話肯定比毒蠍子還毒。」他知道要跟這位辯論高手鬥嘴絕對會死得很慘，趕緊換個話題自保，不要讓她有機會繼續亂放箭。

「不管這指甲是水晶材質還是塑膠製的，假的東西黏在指甲上哪裡可能會舒服。嘖……好噁心，跟人的指甲觸感一模一樣，水晶應該會再硬一點才是。」

驀地，一道念頭閃過郝仁腦海。

「對了！這該不會是老頭常常掛在嘴邊，引以自豪的新產品吧？他不是老在那邊炫耀自己有多厲害，發現到什麼秘密材質做出可以取代水晶指甲的產品，還說什麼許多名媛貴婦或者藝人爭相搶著要訂貨……」

「好像曾經聽爺爺提過，原來他空閒時偶爾在忙這個。」方馨萍不是很好奇的觀看著。

「那個死要錢的肯定從中獲利不少。算了！乾脆把這指甲丟到正在燃燒中的甕裡跟著一起燒掉吧。」

「嗯哼，隨便。」方馨萍無所謂的附議。

「馨萍姐，我們要不要離開啦？待在這裡越想越毛。」郝仁搔了搔發癢的頸部肌膚有感而發。

「難怪妳會說人比鬼可怕。我以前再怎麼討厭誰，也從來沒想過要把誰做掉，更何況是這種讓死者死不瞑目的方式，實在太下三濫了！妳說是不是……喂喂喂！人咧？」

原來在他發表言論的同時，方馨萍早已經先一步離開小屋。

「靠！有沒有禮貌……算了，反正這女人早沒救了。」郝仁轉身準備離去，心裡突然起了一個頑皮的念頭。

「不知道這樣會不會遭來什麼不幸……但我可沒隨便亂移動或亂碰神壇上的東西，所以什麼五毒咒的可千萬不要來找我嘿！」

他邊說邊從褲袋內掏出手機，將需要的功能熟練的設定了一下。

「喀擦！」

「喀擦、喀擦！」

「喀擦、喀擦、喀擦！」

「嘿嘿……不留個紀念怎行？檔名到時候就寫『帥帥郝仁參觀下降頭法事一遊』好了，哈哈！」

NO. 6

名模的八卦新聞

馬克悠閒的在薰衣草度假村的草皮上行走，及肩的褐色長髮在海風吹拂下顯得格外瀟灑飄逸。他一路從度假村大廳往海邊的方向走去，時而經過守候的媒體，便得承受一陣瘋狂的多連拍。

每當馬克笑著解釋自己並非模特兒時，對方的相機快門依然閃個不停，還有記者上前詢問各式各樣的問題。

「請問這次選拔賽並未聽聞有男模特兒，為何你會出現在此？」

「根據廠商透露，元田星模特兒公司的兩大名模貝兒卡和美美，是最有可能成為CICI香水年度代言人選，請問依照你個人的獨到眼光，覺得誰的勝算比較大？」

甚至還有女記者紅著臉靠近，囁嚅害羞的詢問：「哈囉，請問你單身嗎？目前合約簽在哪家模特兒公司？會不會介意另一半從事媒體工作？」

馬克無奈的揚起嘴角，不知該如何回答一連串的問題，但他沒料到的是，這抹尷尬微笑反而更讓記者陷入一陣瘋狂。

「拍他拍他！真是帥翻天！」

「他到底是哪家模特兒？難道是準備推出的秘密武器？」

「快！快點去查他的詳細資料。」

好不容易飯店門口處起了另一陣騷動，遠方一群記者大喊著有名模到場，使原本糾纏著馬克不放的記者們這才將焦點移了過去。

「會不會是貝兒卡來了？」

「還是美美？」

「快點過去卡位，多拍點精采的照片回去交代！」

「生活在五光十色的圈子裡，習慣了受到眾人的矚目；當有一天光環不再，這些名人心裡會不會覺得有嚴重的失落感？」馬克有感而發的說著，繼續往度假村其他方向走去。

方群和馬克到達目的地後，便先去詢問方勤克是否有需要幫忙之處。

當時在會議室裡的方勤克正好結束選拔賽商討事宜，當他步出會議室看見二人，便興奮的大步走了過來，「你們來了。」

馬克體貼的開口詢問：「Tony 哥，有沒有需要幫忙的地方？」

方勤克眉開眼笑的回答：「隨行的工作人員很多，一切準備都在進行中，我只是希望你們能參觀我的工作情形，沒有要你們花體力幫忙。我請我的助理先帶你們去房間放東西，等一下會給你們薰衣草度假村的免費餐券，你們儘管去享受就好。」

「那我們真是來度假的？」馬克心情更為放鬆了。

「沒錯！就當是來度假。平常大家都有工作要忙，偶爾出來玩玩也不賴。爸，度假村裡有一處露天溫泉，它的特別之處在於面海，您可以邊泡湯、邊享受海景；而這裡的 SPA 中心有一位非常知名的按摩師傅，我讓他按過一次，技術無話可說，也早幫您事先預約好了。」方勤克介紹道。

「那還等什麼。」方群聽到按摩，眼睛突然發亮，「快！我現在就要立刻過去！」

「沒問題。」方勤克轉身呼叫：「那個……小米、Jerry，你們哪位有空過來一下好嗎？」

Jerry 手邊的工作剛好告一段落，便應聲上前來，「是，Tony 哥。」

「Jerry，這是我的父親和朋友。」

「伯父好、您好。」Jerry 禮貌的分別向二人打招呼，馬克則是點頭回以微笑。

「好了不要廢話，快帶我過去，我要泡湯和按摩！」方群猴急的催促著。

方勤克交代道：「Jerry，麻煩帶我父親去早上跟你提過的露天溫泉，我已經事先跟負責人交代好我父親的喜好，你只要帶他過去就好。另外，打電話過去通知 SPA 中心，請我指定的按摩師準備，大約一個鐘頭後再帶我父親過去按摩。」

「好，知道了。」Jerry 才點頭表示收到，便看到前方的矮小身影已經飛也似的跨出步伐，他連忙追了上去，「伯父，等等我啊……」

「原來方叔這麼喜歡泡溫泉。」馬克搖了搖頭，目送兩道匆忙離去的背影。

「他啊除了喜歡泡湯外，還熱愛油壓按摩。不過可能年紀大了，有時候懶得往外跑，他房間不是有七臺按摩椅嗎？」

「對，我頭一次看到的時候還嚇了一跳。」

方勤克點點頭，「那是萍萍送他的禮物，她說既然爺爺熱愛按摩，市面上多款按摩椅又各有特色，不如選幾臺受到推薦的款式全買回家，隨便他選擇高興用哪臺就用哪臺。」

「七臺……剛好可以一個星期都不會重複。」

「哈哈！也是。」隨即，方勤克推薦道：「對了，馬克，這家度假村的主飯店一樓的早餐很有名，還聽說A區有間義大利米其林三星餐廳，反正我已經幫你們買好餐券，只要是在度假村內消費都不用再付錢。」

馬克感激道：「Tony哥對我們真是慷慨。」

「我們是一家人，有什麼好客氣的。」方勤克拍了拍他肩膀，「好了，你四處去逛逛，C區也有一間酒吧，可以去那邊聽聽音樂、喝點小酒……」

他的話在另一位助理向前靠近後暫時停止，向對方點頭後，他再把注意力放回馬克身上，「真是抱歉，我得先去忙定裝的事。」

馬克善解人意的頷首，「Tony哥你去忙，不用招呼我了，薰衣草度假村占地廣大，應該會有許多好玩的事物，我會自己到處逛逛的。」

就這樣，馬克聽從建議去C區一家名為藍色海洋的酒吧喝點小酒，Bossa Nova的音樂配上微微吹拂而來的海風，讓心靈得到滿足與沉澱。待他感到有些微醺，橘紅夕陽逐漸褪去，取而代之的是仍有點微光的夜色，馬克才起身離開。

他隨意閒逛著，直到前方一道身影吸引了他的注意力。

「阿仁，你來啦。」馬克向前打了招呼。

「是啊，我們終於來了。」

其實郝仁遠遠就看到馬克的身影，並雙手高舉揮動想引起對方的注意，不過對方似乎在想些什麼，沒有立即回應。

「不是我要說，那臺定位儀真不是普通的神奇，你們花了兩天時間轉機才到達，我們呢～不到兩個鐘頭……其實本來可以更快的，還不是因為我們剛才在山區稍微逗留了一會兒，碰到一些怪事，好在我鼓起勇氣下車查看，對吧，馨萍姐？」郝仁轉身詢問，卻不見人影，「咦！人呢？」

馬克笑道：「我剛才只看到你而已，馨萍可能去找 Tony 哥了吧！」

「真是神出鬼沒又陰晴不定的古怪性格，跟馨萍姐一同出門真的只差沒吐血。下一次我寧可暈機暈車也要跟你們同行，不然……算了。」他已經懶得再多做計較。

拍拍馬克的肩，郝仁好心的勸道：「我說馬克，奉勸你往後眼睛放亮點，千萬不要找像她這樣的女人，否則下半輩子絕對不會有好日子過。」

馬克倒是有不同的看法，「馨萍的性格有她的魅力，我想懂她的人就會習慣她本來的模樣。」

「是、是、是！有人說冥冥之中在這世上一定會有個和自己心靈契合的人，我相信除了那個已經投胎去的櫻花先生之外，能夠和馨萍姐心靈相通的人肯定是個超級大怪咖，再說……」突然，郝仁不悅的板起臉色，瞪向不好好聽他說話的冒失鬼，吼道：「喂！怎麼連你也這樣，好的不學……」

「阿仁你看！」

「看啥東東啦？」郝仁順著馬克手指的方向看去，遠處出現一抹小巧且熟悉的身影，他吃驚道：「王子麵！那小東西怎麼會來這裡？該不會是偷搭上我們小貨車的後車廂？」

「我們跟過去瞧瞧。」馬克提議道。

◆※◆※◆※◆

「喂！王子麵，你這調皮鬼未免太會爬了吧！」

郝仁和馬克跟著王子爬上了度假村裡一處較為偏遠的建築物，此建築物一共六層，他們二人就這樣爬著爬著，竟然爬上了屋頂斜面處。

「可惡！我骨頭都快……」郝仁尚未抱怨的話語，因馬克的警告動作迅速吞了回去。

「這裡有人！」馬克用脣形告知同伴。

「知道了，希望沒被發現才好。」郝仁也用脣語回應。

可惜天不從人願，尖塔屋頂的另一處，行跡鬼祟的二人似乎聽到了聲音。

「是誰在那邊？」其中一名男子朝他們的方向大吼，聲調中充滿著懷疑與懼怕。

「那裡是不是有人！快點回答！」另一名男子率先踏出步伐，往郝仁的方向靠近。

——完蛋！會被發現！

郝仁閉著眼睛等待被對方揪出來，雖然不知這兩名男子待在這裡做什麼，但以這種方式被人發現實在難為情。

就在他們以為自己的行蹤即將曝光，王子忽地衝出來，現身在陌生的兩名男子面前。

「喵～喵嗚～」

「哈！原來只是一隻貓，真是嚇死我了，我還以為被其他同業發現了這個好地方。」

「喵喵～」

王子優雅的舔了舔前腳，一副與世無爭的模樣，卻不知自己的獨特完全抓住了在場人的目光。

「小陳哥，這隻貓的毛色真是漂亮，你看看，在月光下竟然形成一種亮銀色澤。我自己也有養兩隻貓，也因為做採訪見識過各式各類的稀奇貓種，但是像這樣漂亮的我還是第一次見到呢！」

「這隻小畜生看起來他媽的高貴，肯定是屬於那些名模們的寵物。想想他們一年賺進多少錢，要買一隻稀有貓種不過是九牛一毛。」

「小陳哥，你說這隻貓會是誰養的？」

年輕男子想要靠近撫摸，王子機警的跳下屋簷往他處逃竄。

「我猜應該是寶貝名模貝兒卡的吧！那女人老是喜歡擺高調，全身上下都是名牌，肯定會買隻高貴的貓來襯托身分。啊！說到貝兒卡，我們是不是應該來好好辦正事了？都被那漂亮的小畜生吸引到忘記自己要幹嘛！」

「對，我們應該更專注點才行。」

兩人相繼轉身回到原位，他們原本待的位置上架設著兩臺攝影機，鏡頭同樣朝度假村主飯店的方向。

郝仁和馬克面面相覷，直到確認脫離險境，才讓他們一度繃緊的神經放鬆。

「那兩人好像是記者和攝影師。」

「大概是。不過兩個人偷偷摸摸的躲在這裡，該不會是想偷拍誰洗澡吧！」

「Tony哥說過香水選拔會來的都是名人，相信媒體一定不可能錯過這個大好機會。」

「哈哈！希望明天的報紙能夠爆出一些勁爆消息！最近娛樂圈的新聞都不夠辛辣，看得我興致缺缺。」

兩人有默契的用唇形進行無聲對話，郝仁默默在心裡想，他們二人可以組團去挑戰什麼默契大考驗之類的活動，搞不好可以創造佳績。

他們俯趴在斜屋頂上，就著地利之便偷偷觀察著下面二人，寧靜的夜晚讓對話內容能夠清楚的傳上來。

「小陳哥，我們今天到底要來追什麼新聞？還是這只是你個人的嗜好，想要收集名模們的偷拍照？哈！」

「偷拍照有什麼好稀奇的！根據可靠線報，有民眾在一座人煙稀少的山區裡看到貝兒卡，當時她在風中抽菸，一度因為風大還點不起火。」

「真的假的！貝兒卡會抽菸？她不是當了好幾年的禁菸大使嗎？」

「根據提供線報的人形容，當時他經過看到貝兒卡時，趕緊偷偷躲在大樹後面觀看，貝兒卡一連抽了四根菸。所以我們今天要是能拍到她抽菸的照片，就等著消息上頭條，標題大大寫著『禁菸大使貝兒卡破功，在飯店陽臺猛哈菸！』上頭知道了不發獎金才怪。」

「哇靠！沒想到她的菸癮還真大，跟我們有得拚嘛。」

說著說著，年輕的攝影師順手掏出口袋裡的菸盒，抽出兩根菸，恭敬的遞給前輩，並拿出打火機幫忙點火。

「另外還聽說，貝兒卡卸妝前後判若兩人，據可靠消息指出她的臉頰上都是密密麻麻的小坑洞，而且臉色非常蠟黃。」

「蛤？不會吧！她每次拍廣告看起來皮膚都超彈的，我女友買的這期雜誌封面就是貝兒卡，我看了忍不住還拿進廁所裡……嘿嘿，你知道的……」年輕後輩露出意淫的表情。

「幹！胃口這麼好喔，哈哈……」

「小陳哥，這則大新聞絕對是頭條！貝兒卡形象一直維持得很好，每次面對媒體尖銳的問題，都能展現她的高 EQ 親切回應。如果真能捕捉到她抽菸的畫面，又能拍到她卸妝後的模樣，那麼最近的報紙新聞又有話題可以炒了！」

「是啊，自從兩年前我拍到了已婚主播搭上男星的新聞，當年曾經轟動一時，我呢也受到上層獎勵。高額的獎金到手後，我就帶著我老婆和小孩去歐洲玩個兩星期，我老婆爽到那陣子對我超溫柔……自從那回風光事到現在，都沒再遇到能夠爽一下的新聞，賭賭看這次了。」

「沒錯，我們一定要拍到勁爆的照片，加油！」

「所以你也要聚精會神，幫忙注意八樓靠右邊陽臺的動靜，我私下打聽到貝兒卡確定就是入住那間沒錯，千萬不要錯過任何精采畫面。」

「OK，沒問題。不過小陳哥，到時候獎金的部分……」

「不用擔心啦！要是能拍到精采的畫面，拿到獎金後肯定不會忘記你那份。」他吐了口煙，並用力拍了拍後輩的肩膀以示保證。

另一處，聽聞全部內容的郝仁不以為然的撇了撇嘴，長時間趴著壓迫到腹部，感覺不大舒服。

——靠！怎麼可能！貝兒卡咧，那個全天下男人的寶貝名模，哪有可能是他們口中如此不堪的形象！這些廢人下三濫！還想躲在暗處偷拍，真是不要臉！

忽地，郝仁靈機一動，想起他的右耳戴了一只耳環，這也是從方群介紹的神秘網站中買到的新品，據說適合在危急情況使用……

比如說現在。

他拔下耳環，依照先前詳細閱讀過的使用說明書，在那環狀中空的耳環內側摸到了一粒小凸點。於是他揚起狡詐笑容，並轉頭吸引趴在身側的同伴注意。

「馬克，這種夜路走多的人，應該要玩玩他們才對。」

「是該受點教訓，不過怎麼玩？」

「不如就讓他們嚇得屁滾尿流！兄弟，數到三，先把耳朵摀起來！」

郝仁按住耳環中空內側的小凸點，約莫十秒鐘後，凸點忽然往內塌陷。接著他使力往鬼祟二人的上空拋去，沒多久便發出劈里啪啦的鞭炮聲，以及五彩繽紛的煙火。

「幹！那是什麼？」小陳嚇得差點沒把攝影機撲倒。

「哪裡來的煙火和鞭炮？」

此鞭炮的威力似乎較市面上的強上許多，震耳欲聾的高分貝讓二人感到極為不適。

「趕快帶著攝影機，我們要離開這裡！」

「可是都還沒照到什麼可用的照片，怎麼拿獎金？」

「獎金算啥！」小陳急忙收拾物品，「這棟建築物在度假村裡算隱密之處，突然莫名的燃起煙火和鞭炮聲，不久後警衛和保全便會趕過來關切，我們再不離開就來不及了。」

「喔，知道了。」年輕男子聽話的迅速將攝影機腳架收妥，並追隨著小陳的步伐匆忙離去。

直到確認二人離開後，馬克才將摀住耳朵的手撤了下來，他朝同伴豎起大拇指。

「阿仁，真有你的。」

郝仁得意洋洋了，「嗯哼！我就說人在江湖不帶點有用的法寶在身邊要怎麼生存？回美屍坊後，我要再上老頭介紹的網站仔細瞧瞧，說不定還能找到什麼好玩意。」

「不過阿仁，我們是不是也該離開這裡？否則如他們說的，警衛若上來關切，我們也很難交代。」

「哈哈！放心，沒這回事，我就說這法寶有夠神。」郝仁摘下同一個耳垂上另一只耳環，遞了過去。

「你仔細摸摸看，耳環內側是不是有個小小的凸點？」

馬克接下耳環，就著月光觀察了一會兒後，並輕輕的撫摸耳環中空處。

「嗯，摸到了。」

「使用說明書上寫著，找到凸點後用手指按壓約十秒鐘以上，感應到人體溫度，以及我先前設定的指紋，兩者兼顧後便能啟動寶物的能量。它一啟動便會造成周圍產生幻覺及聲音影像，奇妙的是這巨響和煙火從別的地方看過來卻什麼也看不到。」

「太神了！」馬克驚訝這個小巧寶物的功能，「看來我也應該上那網站瞧瞧，或許也能找到需要的東西。」

「OK！到時候告訴你網址和密碼。」郝仁說著，腹部驀然傳來一陣咕嚕聲響，「哎呀！這聲巨響可是貨真價實的肚子餓，不是耳環寶物產生的幻覺啊，哈哈！」

馬克莞爾一笑，「你們開車下來到現在應該還沒用過餐，走吧！我們去度假村內一家Tony哥推薦的義大利餐廳，據說是經過認證的米其林三星餐廳。」

兩人相繼爬起身來，並拍了拍衣服上的灰塵。

「管他兩星還一百星，只要能填飽我肚子就行，我很好養的。」郝仁笑道。

NO. 7 另一個郝仁

選拔賽前夕，主辦單位在薰衣草度假村的宴會廳舉辦一場招待會，除了大批媒體記者外，各家模特兒公司和藝人都共襄盛舉。

「嗨，Tony大師，好久不見了。」

「兩位小甜心，看到妳們真令人高興。」

方勤克露出和善笑容，熱情的迎向朝他而來並異口同聲打招呼的兩位美女，他分別與二人相互擁抱寒暄。

「美美，妳吹彈可破的肌膚真是讓人忌妒。」他捏了一下她紅潤的臉頰，飽滿得彷彿能夠掐出水來。

「大師才厲害，能夠永遠保持年輕的身心靈，並且懂得愛自己，是我學習的最佳楷模呢。」美美真誠的回應道。

「哎呀！這小甜心嘴巴還真甜，妳都不知道我得花多少時間、金錢和努力才能維持現在這副模樣。」方勤克邊笑說著，邊將目光轉向另外一位，一併稱讚道：「我說莎莉寶貝，妳的氣色看起來非常不賴，我有沒有看錯？妳竟然沒化妝也一樣漂亮！」

「呵……對吧，我這可是純天然未經加工的皮膚，也沒有懇求大師您巧奪天工的化妝技術補救喔！」她炫耀似的摸摸自己的臉頰。

「我來好好瞧瞧……」方勤克輕抬起她的下巴，左右上下檢視那完好細緻的肌膚，好奇的詢問：「才兩年時間不見，妳到底做了什麼？」

「哎唷～還不多虧我的室友兼管家婆美美照料囉。」莎莉佯裝痛苦的睨了隔壁室友一眼，「我跟著她過尼姑和尚般的生活，吃的都是天然未經加工的食物；像我們今天早上在飯店餐廳用餐，這位尼姑就請廚師幫我們製作雞肉五色蔬果沙拉、南瓜山藥清湯和以豆漿為底的五穀豆奶。」

聞言，方勤克雙眸大亮，大力讚賞道：「這菜單開得好，兼具營養及健康。早晨用這麼棒的食物叫醒胃，身體便會用最好的氣色來回饋妳。美美小甜心，妳可真是厲害！」

美美莞爾道：「大師這話可以拿來誇獎自己，您不覺得這份食譜很耳熟嗎？」

「哈哈！似乎聽起來真有點耳熟。」方勤克不好意思的搔了搔頭，「想不到我幾年前寫的食譜，還真的有人仔細閱讀。」

「那當然，我覺得非常受用。」美美興奮的點頭。

「拜託！公司裡所有的同事，有誰不知道美美是大師的超級書迷？有空幫她簽個名吧！哈哈！」

「我真的很欣賞大師對生活的美學態度。大師的養生餐點出了兩本，養生飲品和甜點的部分共出了三本，我仔細研究也跟著奉行，覺得久而久之身體真有種格外清爽的感覺。聽說您最近又有新作準備上市，好像是有關體內環保方面，我好期待喔！」

「哈哈！是嗎？」方勤克簡直被捧上天，雙眼都笑彎了，「哎呀，有這麼一位認真可愛的書迷，那我籌備書籍時所花的心思和努力就沒白費了。」

方勤克的書籍銷售量一向超過百萬本，他也知道很多名人都有買他的書，但看到像美美這樣認真實行、又幫助朋友找回健康的實在不多見。他感到欣慰又開心，嘴巴笑咧開得幾乎要碰到耳際。

「還有，大師，您相信我這兩年一根菸都沒抽，並且滴酒不沾嗎？」莎莉最怕被冷落，於是又找個新話題獻寶。

方勤克吃驚道：「什麼？我有沒有聽錯！我記得有陣子妳的菸癮很大。」

模特兒的工作有時面臨高壓及神經緊繃狀況，因此很多模特兒都會染上菸癮，藉由吞雲吐霧的快感來紓壓。

莎莉做出發誓的手勢，「保證從沒破戒過！」

「沒抽菸這已經夠不可思議了，可是滴酒未沾……」

方勤克回憶過往，心裡感觸人要不要改變，真的就在一念之間。

「還記得之前跟妳合作過一場秀，當時準備要幫妳化妝，可是妳兩頰的毛孔實在過於粗大，我只好趕緊幫妳敷上急救面膜。妳那時候的經紀人叫……傑米，對吧？」

「嗯，是傑米沒錯。」莎莉點頭。

「他在一旁苦口婆心的勸妳少抽菸喝酒。印象最深刻的是那晚妳是主秀，當時很趕、時間剩下不多就要上場，我妝才畫到一半妳就堅持必須先喝點酒才……」

莎莉大動作的打斷他，道：「哈哈！好糗！以前的事就別提了。」

方勤克拍拍莎莉的頭，像在對自己的孩子說話般，「莎莉寶貝，看到妳現在這副開朗健康的模樣，真心的替妳感到高興。」

「其實當時得知自己罹癌，真是感到晴天霹靂。好在發現得早，治療過後我決定徹底改變飲食及生活作息，寧願花更多的時間運動和享受人生。」容光煥發的莎莉越來越有自信了，「對了，大師，您聽說我現在是美美的經紀人了嗎？」

方勤克點頭，「嗯，之前有個聚會聽妳們老闆提到。這樣也好，美美個性隨和，其實就算資質再好，也很難在這個圈子找到生存方式，但是有妳這位敢說、敢衝的經紀人幫助，我想未來一切會更順利的。」

美美感同身受的微笑回應，心裡對莎莉有無限的感謝。

方勤克繼續說道：「美美寶貝，最近聽說很多廠商開始注意到妳，媒體人也私下討論說不久之後美美的時代就要來臨。到時候我們會有更多合作的機會，妳可千萬不要……」

「Tony哥！」

「大師。」

兩道同時傳來的聲響打斷了方勤克，一位是郝仁，另外一位則是方勤克的助理小米。

「阿仁你來啦，萍萍呢？」

「她一來就不見人影，你也知道那位大小姐一向討厭這種華麗人多的場合，肯定自己在度假村的某個角落享受孤僻，然後又神出鬼沒的選擇在關鍵時刻現身……」郝仁說著說著忽然睜大眼睛。

「哇！天啊！是名模美美耶！沒想到能在這裡看到美美女神……」郝仁咕噥的說著，眼神綻放出興奮光芒，「齁！難怪 Tony 哥會這麼熱愛自己的工作，天天被這些美女環繞包圍，真是幸福……」

「大師。」助理小米趁機發聲。

「怎麼了小米？」

「CICI 派來的主管已經到達會議室，他們請您先過去一趟。」

「好，妳先過去交代飯店經理，之前準備好的餐點可以陸續上桌了。我馬上過去。」

「是。」小米禮貌的向大夥兒點了個頭後轉身離去。

「阿仁，我先過去開個會，你……阿仁、阿仁！」方勤克見對方已經無暇顧及其他，便先和另外兩位道別。

「美美、莎莉，容我先離開一步，下次有機會我們好好找個地方坐下來聊。這位是我的朋友，名叫郝仁，若不介意的話跟他聊聊天吧。」

「大師掰掰。」美美和莎莉揮手向 Tony 道別，但圍繞在身側不斷傻笑的男子，還是成功吸引了她們的注意力。

「那個……美美女神，請問我、我可以跟妳合照留念嗎？」郝仁拿出手機期待的提出請求。

「呵，叫我美美就好。」女神這名詞讓她聽起來感覺有負擔，「當然可以啊，如果你不介意我現在沒化妝的話。」

美美靠近郝仁，一同朝螢幕微笑。

「喀擦。」

「拜託！妳有沒有化妝根本沒差好不好，素顏也一樣漂亮到不行。」郝仁滑了一下手機螢幕，滿足的咧嘴笑。

「我上次看到網路上有人懷疑妳整型，我就立刻留言嗆他：『幹！你少屁話，那根本只是化妝前後的差別罷了。』」郝仁不好意思的搔了搔頭，「不好意思齁……在女神面前罵髒話，我是留言罵那網友。」

「哼！最好那些人素顏都好看啦！」莎莉跟郝仁同一個鼻孔出氣。

「不過美美女神千萬別介意！其實能被鄉民們討論是否有整型，通常代表這位名人絕對是漂亮到不行，否則根本沒人有興趣知道這個人的改變。像我如果去隆鼻、墊下巴或割雙眼皮之類的，相信也沒有記者會願意追這則新聞吧，哈哈！」

郝仁開朗逗趣的話語成功逗笑了兩人，不過莎莉還是對郝仁左眼戴的眼罩頗為介意。

「對了，Tony 大師叫你阿仁，對吧？」

郝仁點頭如搗蒜，「對對對，我叫阿仁。」

「有人通知你今晚有化裝舞會嗎？阿仁，你這身海盜裝扮太不齊全，只戴了眼罩就想草草了事，再說你的另一隻眼睛也該用粉底遮一下，黑眼圈這麼重？」

「莎莉！」美美扯了一下好友的手，希望她不要咄咄逼人。

「哈哈！我的破嘴壞毛病又犯了。」莎莉輕輕的自掌嘴巴，「你好，我是美美的經紀人莎莉。我這人一根腸子通到底，有什麼話就直說，絕不拐彎抹角，別介意囉！」

「沒關係啦……」郝仁當然不可能解釋他眼睛的神奇之處，「其實我的左眼最近出了點狀況，所以醫生建議我出門最好能戴眼罩防護。還有，關於黑眼圈我也覺得納悶，明明一天睡眠超過八個鐘頭，可是黑眼圈卻越來越深、筋骨偶爾覺得痠痛，我都懷疑自己是不是半夜夢遊去跑馬拉松。」

聞言，美美忍不住出聲提醒：「阿仁，如果眼睛不舒服就不要到處亂跑，應該好好待在家休息才對。你眼睛出了什麼狀況？是不是因為過度使用電腦？」

「嘿嘿……」郝仁不好意思的搔了搔頭，順著話說下去：「宅男嘛，宅在家裡就是玩電動，常常一不注意就待在電腦桌前超過三、五個鐘頭，等意識到膀胱快爆了，才趕緊起來去撒泡尿。」

「這樣身體都被你搞壞了！眼睛是我們的靈魂之窗，若是出了問題那怎麼行？我跟你說喔，打電話是沒關係，但每半個鐘頭就要起來動一動、休息一下，哪怕是去廚房倒杯水，最好能夠舒展一下筋骨。還有，飲食的部分也要特別注意，對眼睛好的食物有很多，你要多攝取維生素……」

「天啊！這管家婆又來了。」莎莉忍不住翻了翻白眼。她知道室友又要長篇大論說教，光是眼睛保健這個話題，肯定要講個十分鐘以上跑不掉。

不過，看Tony大師的朋友阿仁似乎也專注聆聽，讓她不禁感到納悶，到底是因為女神說的話讓他覺得更有用處，還是他本身也對養生的議題非常有興趣？

「不管了，先去拿杯飲料解渴。」莎莉看向前方食物檯區，有飯店人員正在現榨新鮮果汁，便想先過去透透氣、喝杯飲品，暫時遠離她每天都要聽上無數次的養生話題。

當莎莉才向前踏出一步，便瞥到右前方熟悉的亮麗身影——貝兒卡正在接受媒體採訪，她短暫的瞪向美美後，又很快的收回視線。

「唉，懶得理妳。做不了朋友那就代表我們沒緣分。」莎莉拉回注意力，往食物檯的方向走去。

◆※◆※◆※◆

夜半時分，飯店的頂樓露臺處依然點著昏黃燈火，半露天的大面窗阻擋了冷風，幾片楓葉盤旋在空中，增添幾許蕭瑟。

方馨萍不知為何遲遲無法入眠，她攤在柔軟大床上翻來覆去後決定起身，躡手躡腳的不想吵醒睡在隔壁房的父親。

這間頂級套房的格局一共三房一廳二衛，一個房間用來放置明日選拔會定裝的禮服，另外兩間剛好面對面，而方勤克並沒有關門，裡頭似乎還放著輕柔的古典樂曲。

方馨萍悄悄的走出臥室後一路亂逛，就這樣漫無目的走著，來到飯店頂樓露臺。她推開玻璃窗，走進這處約莫三十多坪的寬敞區域，不禁舒適的吁了一口氣。她原本以為能夠獨自享受空間而放鬆心情，目光卻因為前方一道熟悉的身影而停止了步伐，然後不動聲色悄悄的轉身……

「睡不著？」

「呃……」她以為自己腳步夠輕盈，應該不至於驚動到對方。

方馨萍輕巧的旋身，回頭往露臺邊面向海景的另一把高腳椅走去。

既然對方已經發現她並且率先開口，即便她此刻需要安靜也不好意思假裝沒看到。

「阿仁，你喝咖啡？」方馨萍挑了挑秀眉詢問，美屍坊成員們都知道郝仁是個厭惡咖啡到極點的傢伙。

對方沒有正面回應，只是朝她淡淡的揚起嘴角，並優雅的拿起墨色咖啡杯朝她舉杯示意。方馨萍敏感的察覺到有點不大對勁。

他是那個她認識的郝仁嗎？

郝仁難得拆下眼罩，從她的方向看去是那隻非紅眼的右側臉。

只見他挺拔的坐在高腳椅上交疊著雙腿，偶爾拿起桌面上的墨色咖啡杯送往口邊啜飲，動作不疾不徐，瞇起眸子凝望著遠方的燈火閃爍……

那張臉確實是郝仁沒錯，但舉手投足間卻散發出她從未在郝仁身上看過的高貴優雅。

「想喝點東西嗎？」

「喔……嗯。」

郝仁的問話和笑容彷彿有種讓人失去思考判斷的魔力，方馨萍想都沒想立刻點頭答應。她的視線追隨著郝仁高大的身影移動，目不轉睛的盯著那行進間散發出的迷人魅力。

郝仁邁開優雅步伐移動至櫃檯處，那裡放置著研磨咖啡機和杯子，方便住宿的貴賓們使用。

他一手插在褲袋內等待機器將牛奶溫熱，在這短暫時間內，一旁造型奇特的糖罐吸引了他，他拿起來賞玩。那種矗立在寬大空間卻擁有鎮壓全場的存在感，包括修長手指觸摸物品的角度，根本像是在欣賞一支高級西裝或者頂級車款的電視廣告。

一支廣告的誕生得花費龐大人力、時間和金錢，主角的服裝、彩妝及燈光等若能配合得天衣無縫，那麼呈現出來的成品會越接近完美。

而眼前這位，光是他一個人就能直接達到此種──完美境界。

可是這個人卻是平日在美屍坊賴床賴到日上三竿，坐在餐桌上扒飯扒得比誰都起勁，說話做事不經大腦只靠反射神經橫衝直撞，卻不至於讓人感到討厭的郝仁……再怎麼改變，也不可能出現如此天壤之別。

方馨萍感到納悶，卻也想起不久前同樣在美屍坊的露臺見到此種弔詭的景象。她蹙起眉心思考，直到郝仁轉身回頭走到她面前。

「喏，喝杯熱牛奶或許比較好入睡。」

「謝謝。」方馨萍回神，接下對方遞來的白色馬克杯。

她向來喜歡安靜，雖然家裡的爺爺和父親都喜歡熱鬧。奇怪的是這個平時吵鬧不休的郝仁竟然會如此平和……甚至有種待在他身邊，便能夠感受到一股平靜的安全感。

「我先下樓，不打擾妳，不過妳也不要待太久，早點睡吧。」郝仁微微揚起嘴角，雙手插進口袋內，優雅的旋身往門邊走去。

方馨萍凝望著漸漸遠去的背影，不知為何心口有種微微縮緊的刺痛感，促使著她開口打破靜謐。

「你是……阿仁？」她的心止不住的顫動著。

只見對方因為這句問話暫時停住步伐，緩緩的回眸遙望了她一眼，並露出耐人尋味的笑容。

「妳說呢？」

「那麼我們還會再見面的……是嗎？」

「如妳所願。」

男人露出的溫柔笑靨，頓時讓方馨萍一向冷漠且堅硬的心房漸漸融化。

NO. 8 輪迴轉世的夢

「哈哈！太棒了！」莎莉毫無預警的推開大門，鞋未脫便衝進屋裡，「阿春、美美，告訴妳們一個天大的好消息！」她氣喘吁吁的撫著胸口，興奮的表情全寫在臉上。

「莎莉──鞋子！」美美回頭舉高鍋鏟，瞇著眼眸警告。

「知道啦！先讓我喝口水！」莎莉隨手拿起餐桌上裝了水的玻璃杯，猛然往嘴裡咕嚕咕嚕的送。

「莎莉，喝慢點，小心會嗆到啦！」阿春笑著搖了搖頭，覺得這位室友個性大剌剌的，雖然說話直白、得理不饒人，心地卻比誰都還要善良。

「好了！大家一定很好奇我到底在急些什麼……嘿嘿……」喝過了水，脫下鞋子，莎莉抑制不住飛揚的語氣，鄭重其事的自包包內拿出一瓶紅酒，「姐妹們，我們之前協議過的，為了保持皮膚維持在最佳狀態，平常最好不碰含酒精類的飲品，除非……」

「除非我們三個人有什麼好事發生。」美美接著把三人曾經討論協定好的內容說完。

「沒錯！」莎莉忍不住高興得跳腳，「剛才我在公司定裝完準備離開，正好經過老闆辦公室聽到這個好消息，我們家阿春經上層嚴格挑選後，決定推派角逐MaFe內衣代言人，並改藝名為貝兒卡。」

聞言，阿春不可置信的摀住因驚訝而張開的嘴巴，話都說不清了。

「妳、妳說我……我嗎？貝兒卡……」這是她自己挑選的藝名，公司決定採用了。

「就是妳沒錯，寶貝！MaFe 內衣的年度廣告代言，歷年來都是由我們公司模特兒包辦。再說，MaFe 老闆又是我們總經理的姑姑，所以只要是我們公司推派出來的人選，肯定就是年度代言人了。」

「阿春，恭喜妳！」美美開心的擁抱住好友。

「我、我要……我該……」這個好消息一度讓阿春陷入不知所措。

「沒關係，我知道。」美美含著眼淚，伸手輕輕擦拭阿春不自覺流出的淚滴，「等一下我們打電話向妳外婆報告好消息，她一定會高興到跑去跟村長說，然後村長會立刻廣播與村民分享的。」

「嗯……」阿春已經興奮得說不出話來了。

「哈囉，有沒有人願意收留我啊？」

莎莉朝著親密擁抱在一塊兒的室友們揮手，希望能夠引起注意，直到美美抬起頭、眼睛閃著淚光，並朝她伸出另一隻能夠容納她的手，莎莉開心的衝上前去加入這個擁抱。

她知道阿春和美美從小一起長大，感情甚至比親姐妹還要緊密；雖然三個人一開始被模特兒公司安排成為室友，不過來自鄉下的兩人單純的性格很對她的胃，因此搬出來住後還是選擇共同合租在這間大廈的頂樓。但有時候莎莉不免會覺得，自己根本打不進她們倆的世界。

莎莉忽然開口提議道：「明天晚上到我家頂樓去烤肉，好久沒有瘋狂吃肉喝酒了。剛好我爸媽和爺爺奶奶們出國去玩，家裡的空間全部屬於我們，隨便玩鬧都不會被打擾。」

美美率先拒絕道：「不行！阿春既然要接下內衣代言就不該隨便亂來，首要之務是好好保養，讓身體維持在最佳狀態，這樣才能對得起公司的青睞。」

「哎唷～不要那麼嚴格嘛美美！」莎莉向前拉住她纖細的手臂請求，「我最近乖得要命，聽妳的話連菸都很少抽了，再說代言合約還有一個月才會下來，我們也只狂歡一晚就好～拜託啦～」

「可是……」

「美美。」阿春見莎莉苦苦哀求便覺得於心不忍，於是加入請求行列，「莎莉說得沒錯，就這麼一個晚上嘛。」

「這……」對自我要求極高的美美感到十分猶豫，「那……好吧。」

終於，美美還是點頭答應。

「耶！」

莎莉和阿春開心的拉著彼此的雙手繞著美美轉圈圈。

「對了！這次我們順道去我家搬些必需品回來，我媽的化妝間有個大櫃子，裡頭裝滿了各式各樣她自己買的或者是別人送來的保養品，就算把整個櫃子裡的東西都搬來，她也不會發現。」莎莉提議道。

阿春皺起小臉說：「可是莎莉，這樣很不好意思耶。」

莎莉雙手扠腰，仰頭哼哼兩聲，「放心啦！我媽幾乎每兩三天就去沙龍報到，連頭髮都是交給店家洗，哪裡需要自己動手。那些保養品她每次拿到都往櫃子裡塞，一段時間後再請我們家佣人把過期的物品一箱一箱丟了，最後根本全浪費掉了。」

她豪氣的拍了拍阿春的肩膀，繼續說下去：「阿春，妳不用感到不好意思，幫我媽用那些她根本用不完的保養品，省得加深她暴殄天物的罪名。」

「莎莉！」美美瞇起眼眸不悅的瞪向莎莉。

「我說真的嘛！還有，妳們記得上次公司請了一位 Tony 大師來演講嗎？就是那位年過四十卻保養得像二十多歲的那位。」

美美聽到這號人物雙眼發亮，很難得的激動嚷喊：「當然記得！大師跟我們分享了很多保養的新觀念，而且他還燒了一手好菜。自從那場演講後我就跑去書局找，得知大師也有出食譜……我最近做的生菜沙拉和養生湯品，都是來自於大師的食譜喔！」

莎莉興奮的說：「我呢～剛才打電話拜託我表姐，她和 Tony 大師好像因為工作的關係有點交情，我請他替我們阿春打造一系列彩妝和造型。」

「哇！真的嗎？」美美開心的跳腳。

「找大師來……請、請不起啦！」阿春倒是想到現實層面。

「放心！有關錢的部分交給我。」

「來到這個城市妳已經幫了我們很多忙，我們總不能一直麻煩妳……再說公司也有造型師……」阿春覺得不能一直讓朋友掏錢資助自己。

莎莉打斷阿春的話，「想都別想！這個行業超現實的，若沒有混出一點名堂，公司根本不會給太多禮遇。像我們這種咖，肯定是被分配到那種還在實習的造型師。雖然妳的本質夠好，但要上平面或者拍廣告，都需要有更專業的打理。」

「可是……」

「我們家什麼沒有，就是錢多！我老爸仗著家族強大的政治背景，到處掛名各家公司顧問，光掛個名不用出面，銀行帳戶便淨賺了不少；我媽的家族更是以炒地皮削翻天。我常覺得家裡的錢都是不義之財，妳們就行行好，讓我偶爾花點錢，幫家裡消消災吧！」

「莎莉！」美美這下不高興的雙手扠腰了。

「好好好，不說了。」莎莉誇張的摀住嘴巴。

為了這事，美美說教了多次。她說人無法選擇父母，但可以改變自己的命運，若無法接受這樣的行為，那麼就改變自己而不是責怪家人。

「對了！我們就把幫助阿春更加亮麗站上國際這個目標，當成超級名模貝兒卡養成計畫來實行如何？」

「超級名模貝兒卡養成計畫？」阿春不解的歪了個頭。

莎莉興奮的再進一步解釋：「嗯，我們進入這個圈子的最終目標，就是成為超級名模呀！阿春應該最有機會第一個站上線，我和美美也要努力。有了這個想法後，感覺生活多了個目標，我們就一起同心協力實行超級名模養成計畫。」

「嗯，這計畫聽起來感覺很不錯耶。」美美附議道。

「生活多了個目標嗎……」阿春想著想著，彷彿看到眼前一片光明。

「哈哈！既然大家都喜歡超級名模養成計畫的提議，那就一起好好加油囉！」莎莉拔開紅酒瓶蓋，準備好好徹夜狂歡。

◆※◆※◆※◆

「嗨，書生，我們又見面了。」

郝仁熱情的向前方一群人為首的熟面孔揮手打招呼。

「看樣子你投胎到另一個年代啦！」

細細的上下打量著對方，郝仁驚訝的說：「哇靠！窮書生搖身一變成了高尚人士，看看你這身華服和頭飾，還有那裝不出來的高貴氣度，看來你在這裡肯定很吃得開。」

只見對方似乎不把郝仁看在眼裡，筆直的往他的方向走來。

「你不記得我啦？我們以前見過面……喂喂喂！你沒長眼睛看不到前面有人？要撞上了……喂喂！咦？」

基於面子，郝仁不想示弱讓路，但雙眸還是下意識的在對方一群人要撞上來之前閉起；他還刻意微張著腿、使力穩住身體下盤，想說要倒也是對方先倒下。

「沒事耶。」郝仁張眼眨了又眨。

原本預料的情況並未發生，郝仁轉身一瞧對方人馬的背影。那些人竟然穿越過他，但他卻一點感覺也沒有。

「這又是哪招？夢中夢嗎？」郝仁慣性的用力捏了下右臉頰，「一點感覺也沒有……確實是夢，但這事講出去有誰會相信？大家肯定以為又是我在胡扯！」

在郝仁陷入思考的同時，方才穿越過他的人群已經走遠，他回神後立刻追了上去。

「書生，等等我！」

郝仁奮力的往前追去，卻在一個轉彎處發現那夥人停下步伐。他知道撞上去沒人會有感覺，卻還是耐不住惡作劇的心態衝上前去，並抬腿凌空迴旋踢了好幾人的臀部。

「大人！請您稍待片刻，小的這就上去瞧瞧。」

巨大的神木頂端傳出一道道小動物淒厲的哭喊聲，頓住了一行人的步伐。

「用不著麻煩。」帶頭的領導者右手一揮，原本位於高不見頂的樹梢上的鳥巢便緩緩飛了下來。

「太酷了吧！書生不只變得人模人樣，竟然還多了法力。」郝仁興奮的跟上前去，觀看鳥巢裡的動靜，驚道：「靠！什麼鬼啦！又是個醜東西。」

位於書生後頭的武將開口秉告：「大人，看來是母鳥孵化出來後發覺這怪異的生物並非自己的小孩，因此叼走其他雛鳥而將牠遺棄了。」

「沒錯、沒錯！你們看鳥巢裡還有好幾顆破掉的蛋殼，數一數這隻小怪物的兄弟姐妹至少有五、六個，肯定是牠長得太奇怪所以被媽媽遺棄……」郝仁跟著大夥圍觀並發表言論，可是在場沒有人看得見他，也聽不到他的聲音。

「請問大人，這奇特的生物該如何處置？」武將低首恭敬的詢問。

「等等！我說書生吶……」郝仁裝熟的搭住對方的肩，卻只搭上了空氣，自己差點沒摔跤。「你不覺得這戲碼很熟悉？當初你不是也從一位大娘手中救了一隻擁有三隻眼睛的小怪物？」

只見為首的領導者莞爾的笑了下，面部的表情極為溫和。

「來吧！別再哭了。」書生溫柔的將不斷哀號的小野獸帶離開鳥巢，並小心翼翼的捧在手中，「相信我，無論如何我都不會遺棄你的，嗯？」

小怪獸似乎聽得懂書生的意思，沙啞的哀號轉為低低的嗚咽聲。

「你餓了對吧，丁三？我們回家找東西吃。以後就叫你丁三，喜歡這個名字嗎？」

「丁三……丁……三……」郝仁歪了下頭，總覺得哪裡不大對勁。「等等！丁三不就是你以前養的那隻被亂箭刺死的小怪物！你確定要再取這個不吉利的名字？」

郝仁一邊吆喝著，一邊快步追上前去。

「書生，等等我啊！到底有什麼方法可以跟你溝通？」郝仁急躁的抓了抓頭，很希望對方能聽到他的勸誡，「再說，你怎麼都和長相奇特詭異的生物特別有緣分？難不成這就是所謂的輪迴轉世，不管你投胎到哪個年代，身分貧富或貴賤，肯定都會撿隻怪物回家……」

郝仁在書生周圍徘徊並滔滔不絕的說著，忽然自空中飛來一個不明物體，直直的往他的臉頰襲擊而來。

「喂喂喂！什麼東西？」

忽地，郝仁睜開眼睛。

他眨了眨眼，乾澀感模糊了視線，待他揉了揉、再將眼睛睜開，映入眼簾的是那張再熟悉不過的老臉，於是他瞬間驚醒！

「醒了？你這臭小子鬧鐘根本是白調了。」方群坐在床邊剪腳趾甲，不管那細碎的趾甲片四處飛。

「老頭，是你K我對吧？」郝仁撫了撫雙頰，一陣腫脹感襲來。

「沒，只捏你的臉。」

方群咂了咂嘴，剪完腳趾甲換剪手指甲，話說得輕鬆自在，但躺在床上的那位卻不以為然的彈起身來怒吼。

「馬的！你當我臉是肉包，捏不痛的喔？」

「一大清早在那邊鬼吼鬼叫，睡在隔壁都被你吵醒，過來瞧瞧發現原來是做噩夢，見你表情痛苦，想說就佛心來著出手救你一把唄！」

「對了，夢！」郝仁想到未完的連續劇，才正要進入高潮就被叫醒，忍不住狂抓頭髮洩恨，「那個書生到底有沒有聽懂我的話啦？若是丁三又被亂箭射殺身亡，他肯定又會哭得斷腸！」

「什麼夢？」方群將指甲刀隨手丟到飯店地毯上，再問：「又是野獸不斷哀號，你在旁哭泣卻無能為力的夢？」

「不！老頭。那個野獸夢我已經夢到爛掉，沒啥好提的，不過奇怪的是最近竟然還換了一批新的古裝劇。」

聞言，方群挑了下灰白眉毛，「古裝劇？說來聽聽。」

「我夢見一個窮書生無依無靠，村裡有個大娘還挺照顧他的。有一天大娘在雞舍發現孵出的小雞裡有個長相奇特的生物，覺得觸霉頭想要除掉，好在書生把牠……」

方群抬眼打斷了郝仁生動的滔滔不絕，「等等！奇特的生物，不就是怪物？」

「沒錯，就是有三隻眼睛的小怪獸。牠的叫聲低沉，不出半年時間竟然……」

「好了，到此為止。」方群將左手五指張開欣賞自己修剪的成果，「什麼新劇情？不就又是關於野獸的故事，我沒興趣。」

「分享、分享！到底了不了解這兩個字的意思？」手指著方群，郝仁氣得手都抖了。

他嘆了口氣，「算了！不聽就算了！以後你想跟我分享什麼，我絕對也會跟你說我沒、興、趣……靠！老頭，你的臭指甲灑到我這邊了，不會倒去垃圾桶喔？」

「這房間乾淨到一塵不染，清潔人員來會抱怨怎麼沒事幹。」

「比扯鈴還扯！」郝仁起身剛好瞥到茶几上的鬧鐘，「快七點二十了，馬克咧……咦，說曹操曹操到。」

「兩位早安。」正好馬克來到門邊，穿著一身休閒卻有型的打扮，及肩長髮柔順且服貼的被束起在腦後，一臉清爽乾淨的模樣。

「什麼鬼，以為我們要去拍廣告喔！」郝仁悻悻然瞪了一下倚靠在門邊的型男，酸言酸語的說著。

聞言，方群也跟著往門邊瞧看，歪著嘴搖了搖頭。

「沒錯！搞得我們跟他出去，好像一個是他保鑣、一位是他的老管家。」

馬克聳了聳肩，莞爾一笑，對於這類評論早習以為常。他清楚自己外表的優勢，也懂得透過肢體及動作將優勢延伸至完美。

馬克催促的說著：「我們快走吧，人多了就沒好位置坐。」

◆※◆※◆※◆

郝仁、方群及馬克三人入住飯店六樓的一間大型頂級套房，而方勤克則是和女兒方馨萍住七樓同樣格局的房型。模特兒和他們各自的經紀人被分配住在飯店八樓，而相關工作人員則是分別在五樓和六樓。

雖說三人一間，但空間絕無狹小感。除了一人一個房間之外，推開客廳還有一個面海的小露臺；房間的風格是走地中海浪漫風情，湛藍與潔白相間。

據說此飯店的早餐非常知名，也曾被世界知名雜誌評選為十大最佳早餐之一，因此昨晚三人討論好明日一早要準時起床，即刻往一樓大廳享用早餐。

早餐時段已於昨晚跟客服人員再三確認為七點半開始，於是郝仁和馬克昨晚分別都調了兩到三個鬧鐘，一個是怕到時候人多了搶不到好位置，另一位則是聽聞這家飯店的早餐曾被選為最佳早餐，所以說什麼一定要前來品嘗。

結果七點二十五分三人火速到達一樓餐廳門口，放眼望去頓時發現除了飯店服務生之外，只有空蕩蕩的桌椅，根本沒人像他們這麼急切用餐。

這時，忽然有一位穿著套裝制服的女人快步朝他們靠近。

「郝先生早安。」

「早啊！」郝仁下意識的回應，腦海正思索著此人的身分。

「這是昨晚您向我們店裡購買的絲巾，我們已經盡力在最快的時間內幫您把這款顏色調過來了。」

「蛤？絲巾？」郝仁狐疑的接下陌生店員遞來的黑色紙袋，「我昨天參加晚宴後一直待在房間裡打怪，何時光顧你們店了？」

「大約凌晨一點左右。因為CICI集團包下整間度假村，入住的都是時尚圈知名人士，因此主管交代我們一樓名品區的店家，在這兩天盡量提供二十四小時的營業服務。」

「凌晨一點左右？」郝仁搔了搔頭，更加納悶，「我不知打怪打到幾點，搞不好那時已經睡死了啊……」

「阿仁，原來你也挺有品味的。」馬克微笑點頭讚賞著。

「唷！說什麼不懂名牌，還說人只要把身材練好就算穿路邊攤也一樣有型。」方群斜眼瞄了下紙袋上的知名logo，「結果口袋一有錢，還不是學人家買起名牌來了。」

「名牌？老頭你說這像烏鴉一樣黑摸摸的紙袋裡裝的是名牌？怎麼沒人告訴過我……」郝仁從袋子裡取出一個精美的紙盒，粗魯的打開後取出物品，愣了下，「這什麼鬼？誰會買這種花俏的布料？再說絲巾的用途是什麼？擦汗喔？」

「還有郝先生，這是您刷卡的簽單。」店員尷尬的微笑，她對於眼前貴客的激動反應感到一頭霧水，於是決定儘快抽身，「那就不打擾了，祝你們在度假村裡玩得愉快。」

店員恭敬的行個禮後便快步離去。

「確實是我的簽名沒錯。我當初就是怕將來有人跟我要簽名，所以努力練了一下，看似潦草的字跡卻勁道十足……可是等等！」郝仁抬眼呼喚店員走遠的背影，「這真的不是我買的！誰會蠢到花一、兩萬元買條破布啦？」

「啐！是質感極佳的名牌絲巾，真是不識貨！」方群瞪了郝仁一眼，「你別為難人家了，那店員嚇得只差沒用逃跑的。是你買的就別嚷嚷！畢竟頭一次參加時尚圈活動，想裝扮自己無可厚非，沒人會取笑你的。你看馬克，不也替自己買了雙皮鞋。」

「咳！」馬克不自在的咳了一聲，「昨晚剛好經過名品區看到在特價，這家的鞋子雖然單價高卻很耐穿，難得出來走走，忍不住敗家一下。」

郝仁忍不住再次發出聲明：「可是我發誓！我真的沒有逛名品店，也不可能花冤枉錢買……」

方群開口打斷郝仁的辯解，話中帶有點諷刺的意味，「知道了。不是你買的，而是有人趁你睡著、控制你的身體去買的。肚子餓了，我們快去用餐吧！」

「喂！」郝仁咬牙望著兩位往餐廳內悠閒走去的同伴，實在不爽他們看好戲的心態，氣結道：「靠！最好我會買這個爛東西咧！」

NO. 9 女神貝兒卡的秘密

「登登登登！好戲終於要登場了！」

郝仁摩拳擦掌，穿了一身方勤克交代換上的工作人員制服，胸前掛著能夠隨時進出化妝室的識別證。

「就像電視播放的名模生死鬥一樣真實在眼前呈現，哈哈！要不是有Tony哥罩我們，哪可能有這機會！難怪人家說後臺硬一點活得更有尊嚴。」

薰衣草度假村飯店完全被主辦單位包了下來，預定於今日舉行的選拔盛宴在二樓大型會議室展開。

「這傢伙到底在興奮什麼？難得看他早上這麼有精神。」望著前方神采奕奕的背影，方群不以為然的喃喃自語著。

他們剛吃完早餐，打算回房間補個眠，不過因為肚子太脹，方群和馬克無法入睡，便各自在房間內看電視、聽音樂，唯一吃飽還能夠立刻呼呼大睡的也只有郝仁辦得到。

和方群並行緩步走在郝仁身後的馬克，笑著回應：「我們都是頭一次見識模特兒的工作現場，況且阿仁平常還挺注意演藝圈消息，可能這裡的很多模特兒他平常在網路或電視上都有看過，所以特別覺得有親切感吧。」

「哼！我怎麼一點感覺也沒有。」方群懶洋洋的環視飯店周圍，抓了抓肚皮，感覺意興闌珊，「放眼望去好像沒人能夠提供我們美屍坊賺錢的生意，光這點就讓我怎麼也提不起勁來。」

「怎麼會呢，方叔……這裡很多都是媒體寵兒，需要時常在螢光幕上秀出自己，或許模特兒們為了追求美麗，都是使用方叔您獨家特製的指甲。」

「咦，也對！」這麼一想，方群的眼神忽然亮了起來，「跟我訂貨的盤商說，有好幾家模特兒公司都是我的大戶，看來眼前這些人或許很多都是我美甲坊的支持者。」

馬克點了點頭，「沒錯，我觀望了一下，發現很多人的指甲都有做造型。」

「那我等一下逢人就問，是不是使用我們美甲坊出品的指甲，順便再問有沒有需要改進的地方。哈哈！看來我有事情做了！」方群忍不住竊笑，終於覺得這趟旅程值得。

當他們三人經過通道的其中一間化妝室前，大門猛然被推了開來。

「唉呀……該怎麼辦才好？我最愛的 Tony 大師呢？」

一名身高約一百六十五公分、身材纖細的男子走了出來，他身穿白色短袖襯衫，胸口打了個黑色蝴蝶結，色彩鮮豔的彈性牛仔褲將他的雙腿突顯得更細。

「世風日下，怎麼會出現這種怪人！」方群搖頭望向前方焦急的身影，實在難以苟同這個年輕人的模樣。

男子剪了一頭俐落的短髮，卻刻意在額間留下一撮紫紅色的微捲瀏海；眼睛畫的是濃厚的煙燻妝，呈現出視覺系的味道。他的嗓音有些尖細，甚至撒嬌意味濃厚，看得方群露出不屑的表情。

「哈囉、哈囉！請問你們有沒有看到 Tony 大師？」

有點娘味的男子看到門外一行人，便很快想起這些人的身分——昨晚方勤克有特別介紹，好像是他帶來的家人和朋友。

「跟人打招呼有必要重複兩次嗎？還哈囉哈囉的，難聽死了！」方群低聲嫌棄道。

「你找 Tony 哥？」好在郝仁的嗓門大，一開口便遮掩住方群的抱怨，「他好像還在房間裡打扮……你知道的嘛，畢竟是大師，在這場盛會裡扮演重要角色，哪裡會錯過展現自己的最佳機會。要不是有馨萍姐，我都不免懷疑他是不是gay咧。」

「呵呵！大師才不是我們這掛的，他喜歡的是女人啦！」男子間接承認自己的性向。

「小許！你到底在那邊拖拖拉拉幹什麼？還不快點幫我找大師過來！」化妝間裡忽然傳出一陣摔杯子和女性的尖叫聲，把門外的男子嚇得花容失色，他連忙探頭朝走道四處觀看，並不時再往門內關切。

「親親寶貝，拜託妳小聲一點好嗎？萬一被記者大人們看到妳這副發狂的模樣，妳我苦心經營的完美形象就要毀了！」他壓低音量提醒，豐厚的雙唇微微嘟起，雙手還苦惱的撐住雙頰。

「管他什麼記者！你看看我臉頰冒出的東西，快點找大師過來救我！我非得要搶下這次的代言機會，否則你也別想跟在我身邊分杯羹！」

「咦，裡面的聲音聽起來好耳熟，該不會是貝兒卡？」郝仁驚訝的張大嘴巴，下顎差點合不起來，「這不是天使下凡，我們全民的漂亮寶貝嗎？」

「嗯哼～就是我們的親親寶貝沒錯。可能她昨晚睡不好，或者碰上經期之類的，所以情緒有點不太穩定。」

男子才說完便誇張的摀住嘴巴，然後俏皮的敲了一下自己的頭顱，「啊！我真是壞壞沒禮貌，忘了向你們自我介紹。你們好，我是貝兒卡的經紀人小許。」

小許掏了掏襯衫的口袋，「哎唷！今天忘了隨身攜帶名片，真是苦惱耶！」

「咳！其實不用給我也沒關係……」方群的酸言酸語被馬克適時輕推了一下他的肩示意才停止。

郝仁睜大眼睛指著對方，「蛤？小、小許！你就是那個記者常說你很難搞的小許？」

他不免覺得訝異，因為見到本人後發覺對方一點都不像報章雜誌上形容的樣子。

「你真的是貝兒卡的經紀人，時常對記者發飆的那位喔？」

「嗯哼，幸會、幸會。」小許不好意思的嘟嘴，右腳還俏皮的蹬了一下，「我好像形象太差了齁？這樣好不好？我先上樓去請 Tony 大師下來看看我的親親寶貝，你們呢先幫我守著她一下，千萬別讓記者大人們靠近。」

馬克不解的提出疑問：「裡頭沒化妝師嗎？不是聽說化妝師都已經陸續在幫參賽的模

特兒化妝了？」

「是啊大帥哥，你問得好。」小許還向前嬌俏的拍了一下馬克厚實的胸膛，「所以我才急得快要爆肝啊！還好昨晚有喝燕窩，早上起來也有補充滴雞精，否則臉上的皮膚都會因為那愛發飆的寶貝氣得冒出皺紋來。」

「咳！」

方群不耐的咳了一聲表示不大想參與這個話題，但小許壓根沒聽懂其中的抗議成分。

「剛才來的化妝師和造型師全被我家的親親寶貝罵跑了，當時我為了要掩護她的形象，還得假裝發更大的火，這就是我們經紀人悲哀的一面，就算記者要寫，也會把她塑造成白雪公主，而我則是逼著她賺錢，勢利又壞心的後母，嗚……我好可憐對吧？」

說著說著，小許忽然止住自己滔滔不絕的嘴，「啊！我怎麼會抱怨個不停……欸，別在意我說的話。記得千萬不能讓記者大人們靠近，我很快就回來。」

說完，小許便踩著嬌俏的步伐離開。

「在我看來，那個叫小許的傢伙不是娘娘腔就是同性戀。」方群打量著匆忙離去的背影，斷然下了評論。

「也許是吧。」馬克點了點頭，卻沒有批判的意味，「生活在這個自由的世代，人往往可以隨心所欲選擇自己所愛而不在乎他人的想法。看他似乎不為自己的選擇感到自卑，這也是值得學習的地方。」

聽了兩位同伴的交談內容，郝仁忍不住發出驚嘆：「等等！你們兩個該不會不知道小許這號人物吧？」

「他很有名嗎？」馬克蹙起眉心思考。

「別鬧了！你們都沒在 fallow 新聞的喔？雖然貝兒卡超紅，但她的經紀人小許也時常博得版面，他一向不諱言自己愛的是同性，所以同志圈都把他當楷模；再說，他的男友你們應該知道吧？就是那個知名的模特兒約翰……」

郝仁看兩人聽得一頭霧水就懶得繼續說下去，因為說了也是白搭，肯定被當成耳邊風，左耳進、右耳出。

「算了！我說你們這些人到底有沒有在關心國家大事？」

方群聽了郝仁的抱怨倒是氣定神閒，沒有立刻衝動回嘴，只是悠悠的提出問題：「那你知道這個星期的油價調降了多少嗎？」

郝仁搔了搔頭，「油價？多少錢？有變動喔？」

方群掏了掏右耳，又問道：「那麼前陣子是哪個國家的科學小組，發現另一種或許能夠成為下一個發電的能源礦物？」

「發電能源？那又是什麼？」這讓郝仁更納悶了。

方群嗤笑一聲，「哼！臭小子在那邊誇口說自己關心國家大事，還說什麼活在當下，我看你就只喜歡追娛樂消息。」

郝仁氣結，「怎樣！老頭你不爽喔？所以你的意思是，你看報紙只看頭條、財經版就了不起嗎？」

方群挺起胸膛就怕矮人一截，「我何時說過自己了不起？還不是你這臭小子在那邊嚷嚷自己有多……」

「大家別這樣！投其所好，沒有誰對誰錯。」馬克立刻出面調停，他越來越覺得自己很能當兩人之間的和事佬，「我們出發前不都跟 Tony 哥保證要全力幫忙了嗎？他這麼看重、在乎自己的事業，就跟我們紅眼怪客團一樣，面對接案時全力以赴的精神，所以大家各退一步，等今天的任務完成，一切回去再說好嗎？」

「哼。」方群吞了吞口水，將原本準備一股腦罵出口的話語全吞了回去。

「也是。」郝仁順了順方才過於激動而有點凌亂的頭髮，識相的知道自己該退一步。

這時，門內再次傳出聲響。

「誰在外面吵吵鬧鬧？進來幫我一下。」

貝兒卡踏著嬌柔的步伐走出化妝室，她身穿白色浴袍，方便待會兒直接換裝，臉上還貼著一片綠色面膜。見到門外三人，她不悅的盤問：「你們是誰？」

「啐！」郝仁見狀，忍不住發出嫌惡的彈舌聲。

就算是全民的寶貝女神，但臉上貼有噁心的綠色面膜，只露出眼睛、鼻孔和嘴巴，造型還真是不雅。

馬克開口回答：「我們是 Tony 哥的朋友，這次前來參觀選拔賽。」

貝兒卡愣了一下，「喔，想起來了，昨天跟大師打招呼的時候有看到你們。對了，有看到我的經紀人小許嗎？」

「女神好，請叫我阿仁。小許他去幫妳找Tony哥過來，並且拜託我們在門邊把關，說千萬不能讓記者靠近。」

郝仁頭一次就近觀看心目中的女神，發現她頸部肌膚沒有平日在螢光幕上看得緊實。反倒是形象清新的美美，就算不經包裝仍然散發出一股難以抵擋的巨星風采。

「這樣啊……」貝兒卡眼神迷濛渙散的點了點頭，「這樣吧，你們幾個先進來幫忙，不要站在門邊擋路。」

「我們？可、可以嗎？」郝仁露出興奮的模樣。他毫不考慮跟著進入化妝室內，畢竟能近距離接觸女神貝兒卡，這是多少男人夢寐以求的願望。

不過，其他二人並沒有同樣的想法。

貝兒卡見門外二人似乎沒有要跟進來的意思，一向習慣被捧在手掌心追隨的公主病忍不住發作。

「喂！我不是說了，你們全都給我進來！」

聞言，雙手環胸的方群不悅的歪嘴，「這女生有病啊！自以為是公主還皇后，動不動就喜歡使喚人。」

「噓～」郝仁聞言立刻折返，伸手拉住口不擇言的方群，「老頭你閉嘴啦！我們好不容易有機會參觀女神的化妝過程，你就不能忍忍你那破嘴，成全一下我的心願嗎？」

方群揮開想制伏住自己的郝仁，正準備跳起來狠狠發飆一場，卻見馬克突然大動作的將兩人推進房門，並迅速將門帶上。

「哈！兄弟——」郝仁站穩身軀後忍不住開口虧對方：「剛才裝作一副滿不在乎的樣子，怎麼現在比我還猴急咧！」

只見馬克快步走向貝兒卡，微彎他健美的體魄，將臉部貼近她的頸部肌膚。

「喂喂喂！你別想侵犯大家的寶貝女神！小心我將照片PO上網，鄉民絕對發動人肉搜尋，把你打得鼻青臉腫！」郝仁見狀，立刻趕了過去張開雙臂擋駕，做出母雞護小雞的舉動。

「走開啦你這臭傢伙！礙眼！」方群也上前加入戰局。

他右手一揮，將阻擋在前方的郝仁推開，並開口為馬克背書：「我們認識馬克又不是一天、兩天的事，你覺得他會是那種吃女生豆腐的人嗎？你別忘了那帥傢伙才是許多女生覬覦的對象。」

「對，也是。」郝仁聞言嘿嘿笑了一下，驚覺自己過於大動作了，「看到女神難免慌亂啦……不過馬克，你到底在聞啥東東？」

只見馬克直挺起身軀，皺著眉頭詢問：「小姐，冒昧請問妳是不是有在吸食毒品？」

此爆炸性言論讓在場其他兩位男士感到驚訝，紛紛睜大眸子低吼出聲——

「蛤？」

「吸毒！」

聞言，貝兒卡並沒有大夥兒預期的激烈否認，只是緩緩的撕掉敷在臉上的面膜，殘留的綠色凝膠精華讓臉部肌膚呈現出油亮光澤。

「那又如何？我吸菸、吸毒樣樣來，不然你們以為我這完美身材怎麼來的？要知道幹我們這行的，多長一點肉就會被廠商和媒體嫌棄，但世上美食多到令人垂涎三尺，要我如何抗拒？」

郝仁忍不住勸誡道：「女神，妳說話小聲點，外面很多記者都在注意妳，萬一被人發現妳吸菸又吸毒，那絕對會死得很慘！」

他忽然想起昨晚在斜塔屋頂處和馬克意外撞見狗仔的對話，目光立即移向馬克，兩人有默契的交換一下眼神——原來這事無風不起浪。

「為了抑制食欲，妳應該會吸食禁藥安非他命，可是妳現在身上散發出的氣味應該是某種含有迷幻藥成分的毒品。」馬克摩挲下巴猜測道。

「呵，你是狗鼻子嗎？這麼靈。」貝兒卡的眼神依然呈現渙散無神的狀態，「我昨晚睡不好，清晨的時候確實吸了點迷幻藥。若不好好睡美容覺，要怎麼應付今天的比賽？」

「吸毒是一條慘不忍睹的不歸路……」馬克忍不住搖頭大嘆，「更何況我見過長期吸毒的人，皮膚通常都會出現凹洞坑疤。若妳純粹是為了睡美容覺來保養皮膚，那這方法絕對不可行，因為妳的皮膚將出現狀況，甚至指甲也一樣跟著破裂泛黃。」

「別擔心，現在科技日新月異。喏，你們看！」貝兒卡高舉十隻纖細手指，炫耀那發亮的美麗指甲。

「好在有美甲坊的指甲救了我一命，這材質實在棒得不得了，和我們原本的指甲一模一樣，雖然一副要價不菲，但絕對值得。我呢一次會叫我的經紀人幫我訂個二到三十組，就怕賣到缺貨。」

「哈哈，聽起來還真厲害！」方群靠近審視她亮出的手指，睜大眼仔細端詳，「這個應該比水晶指甲好用吧？」

「那當然！用過美甲坊出品的指甲後，水晶指甲算什麼東西，怎麼能夠相提並論。」貝兒卡的一番評論讓方群樂不可支。

「那麼女神，妳的皮膚應該不可能……絕對不會……」郝仁囁嚅的開口，又怕這問話太過失禮。

「你叫阿仁對吧？」貝兒卡看向郝仁。

「對，阿仁沒錯。」

「噓～千萬不要說出這個秘密喔！」

貝兒卡清晨吸食的迷幻藥或許藥效尚未完全消除，因此呈現出有點類似喝醉酒的狀態，她說話和動作變得直接且大膽。

「你仔細瞧瞧吧！」

她拿起化妝檯上的濕紙巾，使力將臉上殘留的綠色濃稠精華液擦拭乾淨，讓素淨的一張臉毫無遮掩的呈現出來。

但這個真實的樣貌嚇壞了郝仁，也讓崇拜景仰的愛意瞬間碎裂。

「這、這……」郝仁似乎聽見自己心碎的聲音。

眼前這位是他們男人們心目中完美的寶貝女神嗎？

臉上的肌膚分布著數不清的小坑洞、飽滿的額頭色澤暗沉蠟黃、兩頰些微凹陷……網路上常放一些名人卸妝前後的差別，他每次看都覺得可能有鄉民為求點閱率而造假，但親眼見識貝兒卡本人後，就完全相信光是化妝真有可能化腐朽為神奇。

「你們也別太驚訝！現在的化妝品什麼都有，填補凹洞或者亮膚，若缺乏膠原蛋白使得兩頰凹陷，登臺或照相時我會在口腔兩側放入沾水的棉花。」

「沾水的棉花？」馬克撫了撫自己的臉頰，忍不住想要親自實驗。

他拿了一小團化妝檯上透明盒子內的球狀棉花，再轉開一瓶未開過的礦泉水將棉花沾濕，然後送進左側口腔。

「沒錯！就是這樣。很神奇吧？你左邊的臉頰嘟嘟的好像蘋果對吧？呵呵……」

貝兒卡笑著笑著還打了個乾嘔，因空腹多時及毒癮擾亂內分泌系統，呼出的氣散發出一股難聞的惡臭。

「跟你們說喔～」她伸出食指比了比在場三人，「等做好一切加工準備，再加上知名化妝師巧手修補，不久後你們認識的貝兒卡又會再度完美呈現在大家面前。」

郝仁聽聞此消息，耳朵短暫出現耳鳴現象，他難以接受這個晴天霹靂的事實，視線刻意越過貝兒卡的臉，看向他處轉移注意力。

「哈哈老頭！這飯店還真夠貼心，知道可能會有你們這種高齡的長輩入住，因此準備成人紙尿褲隨時提供你們需要。」他戲謔的說著。

方群正準備開口駁斥，卻出現一道更為勁爆的言論——

「被你發現我的另外一個秘密了，呵呵。」貝兒卡起身搖搖晃晃的靠過去，拿出一片紙尿褲把玩，「噓~阿仁，這個也不能跟別人說喔~」

「靠！不會吧！」郝仁眼睛瞪大差點沒掉出來，「女神需要穿成人紙尿褲?真的假的?殺了我吧！」

馬克無奈的嘆了一口氣，「這就是我一開始說，吸食毒品是條不歸路的原因。很多人為了貪一時好奇，最後陷入萬劫不復，尿失禁便是常見的後遺症之一。」

「好了，不跟你們抬槓，Tony大師來之前我得先去抽根菸。」貝兒卡從包包掏出菸盒和打火機。

「別抽吧女神，再過不久妳就要登臺比賽了。」郝仁開口勸誡道。

「所以才要先去哈一根啊!迷幻藥的藥效似乎漸漸退了，我開始覺得有點焦慮。」

她說著說著，雙手開始微微顫抖了起來，並踏著不太穩當的步伐往方群的方向，朝著房間內部的櫃子走去。

「小姐，大門在另外一邊。」方群翻了翻白眼，不屑的朝走來的人影比出正確方位，搖頭道：「啐！連方向感都失調了那怎麼行？」

「呵，你這小侏儒說話還真是有趣。」貝兒卡笑著拍了拍方群的頭，越過他，伸手打開櫃子，裡頭竟然出現一條蜿蜒向上的神秘樓梯通道。

「那是什麼？」郝仁驚訝櫃子內出現的驚奇。

「外頭記者那麼多，我現在出去根本是送死。好在之前我打聽過這家度假村的飯店有條神秘通道，據說爬上樓梯後剛好就是飯店內天井的部分，我上去偷偷抽菸也不會有人發現。所以當時主辦單位安排化妝間時，我就指定要這裡……」她邊說邊踏了進去，然後櫃子門跟著關上。

「在我們眼裡看來光鮮亮麗的世界，有時背後藏著許多不為人知的辛酸，但若是為了贏得掌聲而出賣自己的健康，實在太傻了……」馬克背靠著貼上碎花壁紙的牆面，感嘆的說著。

「貝兒卡女神，我對她何止是幻滅而已……」郝仁用力捏了一下手臂，確認眼前的一切並非夢境。

方群抓了抓頭，手指卻在稀疏的灰白毛髮和頭皮間摳到了不知名物體，拿下來瞧看後便摸到熟悉的觸感。

「這是我們美甲坊出品的指甲……看來是剛才那吸毒的女生不小心脫落的。」

「怪了！怎麼覺得這指甲上的顏色和花紋在哪兒看過？」郝仁向前觀看後捏著下巴思索記憶。

「走了！我們先離開這裡，那女生散發出一種邪氣，感覺待久了會染上衰運。」方群邊說邊往大門方向走去，隨意將手中的指甲片一拋，恰好落在馬克的掌心。

「喂！等等我，我要走第一個。」郝仁飛也似的竄向前方，不想成為落單者。

◆※◆※◆※◆

CICI香水年度代言人選拔賽前十分鐘，表演臺上的酒紅色布幕呈現閉合狀態，布幕裡頭因為保密到家，還暫時用墨色玻璃門遮住。

此時，布幕外頭觀眾和記者坐在臺下等待，現場環繞音響放出悠揚的薩克斯風樂曲，更添了一股浪漫的海洋風情；然而，他們卻不知道布幕裡此刻突然發生緊急狀況。

「啊！」

「救命啊！」

「有人墜樓了，好可怕！」

布幕內尖叫聲四起！

在後臺等待輪流上臺的五名模特兒和藝人，正在做上場前最後的整裝工作，忽然碰的一聲，落地的巨響讓她們狠狠嚇了一大跳。

「報告！有人墜樓，正面落地，快點請警方過來！」回神的工作人員趕緊用對講機通報緊急狀況。

「大師怎麼辦？還有幾分鐘選拔賽就要開始，我們該怎麼去打發外頭那些記者和受邀前來的觀眾？」廠商派來確認行程的人員，憂心忡忡的和方勤克討論。

「請放心！我們會緊急應變，盡量將傷害降到最低。」向對方保證後，方勤克立刻轉頭呼喚，他知道對方有成本花費的考量。

「Jerry、小米，我們之前開會討論過，若是遇到緊急狀況的應變方式。這次事態嚴重，我們就採用事先說好的A計畫，立即執行。」

「是，知道了。」

兩位助理雖然也很好奇死者身分，不過目前卻有更棘手的情況等待處理，於是相繼如狂風般奔離。

從上方跌落下來的軀體動也不動，周圍的人能跑的早就逃離怵目驚心的現場，暫時無人敢靠近。

「美美，我們也快離開這裡。」莎莉拉著愣住不動的友人準備逃離是非之地。

「等等，那不是……阿、阿春嗎？」美美雙手按住心窩，望向趴倒在前方舞臺中央的軀體，那感覺太過熟悉，熟悉到令她心驚。

莎莉聞言，回頭推了一下臉上的黑框眼鏡瞧看，「呃……好像是……」

「阿春、阿春……」美美衝向前去，跌坐在已經沒有心跳的死者旁，顫抖的手微微抬起面朝地面、幾乎面目全非的臉。

「啊！怎麼會這樣！」

她確認死者的身分是阿春沒錯，就算好友的五官已經扭曲變形，但相識了二十多年，曾經無比親密的好姐妹關係，她絕對不會認不出來。

「阿春……」美美臉色慘白心痛低喊，似乎無法接受這個突如其來的噩耗，「啊……阿春！」

「美美別這樣！拜託妳冷靜點！」莎莉跟上前去安撫她的情緒，雙手按住她抖動不停的肩膀，希望她別跟著出事才好。

方勤克吩咐幾位工作人員將受到驚嚇的佳麗們請回休息室，並請加強注意千萬不准再讓其他人靠近事故現場，一切等待警方前來處理。

他將掛在耳邊的對講機靠近嘴巴，一邊按下其中的紅色按鈕。

「喂。」

「哈囉，Tony 哥……有……事……」

訊號似乎受到干擾，呈現不穩定狀態。

「阿仁，你們現在人在哪兒？」

「逃命啊……剛才坐在臺下突然發出警報……嘟嘟……」

方勤克冷靜的點了點頭，看來所謂的A計畫已經啟動，這樣應該可以再拖延一點時間，將現場突發狀況緊急處理。

A計畫指的是——

若發生最嚴重的突發狀況，便請飯店人員按下火警鈴聲，然後暫時將所有人疏散到飯店外頭，如此就能有半個鐘頭的緩衝時間。而當所有人被安置到飯店旁的咖啡廳後，再請店家提供每人一份小西點及飲料，安撫他們躁動的情緒。

方勤克問：「阿仁，你們能不能想辦法過來我這邊？我在舞臺後方。」

「有什麼事情嗎？哈哈～Tony 哥，有沒有覺得這對講機收訊越來越清楚了？聽說飯店這邊要發放飲料和點心，要不要報你的大名幫你留一份？」

在擁擠的環境中，大夥兒被慌張湧來的人群簇擁著，推擠往飯店門口方向出去。在如此吵雜的情況下，郝仁竟然也聽得出方勤克話中的緊張氛圍。

「阿仁你先聽我說，我這邊有大事發生了！如果可以，拜託你們過來這邊一趟，我會派人去外頭接你們進來。」

「知道了，我們會儘快過去。」

郝仁沒聽過方勤克如此慌張的口氣，雖然吃香喝辣在他人生排重要順位，但他的理智還是提醒著自己，這趟不是來玩，而是前來幫助方勤克舉辦的活動更加圓滿順利。

他朝兩名同伴使了個眼色，兩人也不多問，有默契的跟著他往另一個方向走去。

他們都很清楚方勤克並非那種在工作時會打電話來請求幫助的那種人，恐怕是真遇到了重大的困難。

◆※◆※◆※◆

一行人氣喘吁吁趕到了方勤克指定的地點，遠遠的便看到他已經在通往後臺的大門前著急的徘徊著。

他舉高手揮了揮示意，可眼神似乎不是看郝仁三人，而是三人後方那抹娉婷的身形。

「萍萍妳來了。」

聞言，郝仁大動作的轉身，並露出擠眉弄眼的誇張表情，「神出鬼沒的人終於出現了。我就說馨萍姐這號怪咖，通常都會在發生緊急情況時突然現身！」

「謝謝你的恭維。」方馨萍不著痕跡的伸手拉了一下他的眼罩後放手彈回。

「靠！妳要把我弄瞎喔！」郝仁吃痛的撫了撫左眼。

「Tony哥，裡面發生了什麼事？」馬克連忙上前關切，見對方的臉色不大好。

方勤克點了點頭，目光機警的巡視四周，並放低音量解釋：「名模貝兒卡突然在上場前十分鐘墜樓，從飯店天井跌落到舞臺中央，警方初步研判為自殺意外，而且是當場氣絕身亡！」

「蛤！貝、貝兒……」郝仁的驚吼聲被自己適時舉起來摀住口的手包覆住，他也意識到周圍可能會有記者在竊聽。

「從飯店天井？」馬克瞳孔驚訝的放大了一下，「所以她從化妝間的秘密通道上去抽根菸後就……」

方群搖頭大嘆：「人生真是無常。」

「這樣好不好？拜託你們先進去看看情況如何，我要過去廠商那邊討論有關延後選拔賽的事宜，回頭再過來處理。這邊暫時先交給你們了……」方勤克勉強擠出笑容，「說真的，好在你們有來。」

方勤克將他們一行人送進後臺內，離開前他交代工作人員將大門關上，並再一次叮囑千萬注意不能讓不相關的人進場後才匆忙離開。

NO. 10 首次失敗

選拔會展開的前一刻發生意外事件，當紅名模貝兒卡墜樓面目全非，警方初步判定非他殺。

方群搖了搖頭，「沒想到我們來度假還能碰上生意，愛漂亮的名模想當然無法接受自己毀掉的臉蛋，就算要死，也要死得漂亮……」

郝仁轉身打斷方群的碎碎唸：「喂！老頭！拜託你有點同情心OK？人家都已經走了，你還在那邊肖想A錢，真是沒救了。」

郝仁還刻意放低音量，怕其他人聽到這段超糗的對話。

「哼！開開玩笑你還當真。」

方群撇了撇嘴，才正想繼續虧對方，卻讓一道迎面而來的身影吸引了注意力。

「方叔好，請問您還記得我嗎？」前來的中年男子俯首禮貌的打聲招呼。

「喔……」方群閉眸想了一下，「吳法醫嘛，好久不見了。」

「是啊，方叔，應該有五年多不見。」

吳法醫還記得在他學生時期，解剖學教授曾在某日加開了特別課程，當時就是請方群前來授課分享；方群獨特的想法以及對屍體的了解，絕對不亞於專業教授，更顛覆了他們對屍體鑑定這方面的罐頭知識。

「方叔看起來身體還是一樣健康硬朗。」

「我這把年紀沒進棺材就該偷笑了。」

「哈哈！方叔說話還是一樣風趣。」

方群瞥了一眼前方趴地的屍體，很快收回視線，「所以吳法醫已經鑑定過了嗎？」

「嗯。」吳法醫點頭，「就算事有蹊蹺，不過方叔您知道的，法律上是無法接受怪力亂神的說法。無論死者真實的身亡理由是什麼，我們只有幾種選擇能夠判定，若非他殺，就只能選擇自殺或者是意外了。」

「了解，我想大概最後就是意外，有些事還是不需要太真實的好。這位死者畢竟生前是位名人，相信未來有段時間，媒體會掀起一陣風波炒作，那些說話誇大的名嘴們也會捕風捉影瞎說一通，不過很快又會平息。」

「是啊，人生無常，曾經風光也難逃劫數……」吳法醫感嘆的說著，「那麼方叔，這位死者的屍體會上您那邊去嗎？」

方群聳了聳肩，「先瞧瞧囉！若有生意上門，哪裡會拒絕，說不定我孫女已經過去幫貨物編號了。」

「好，我會依照行事慣例判定死因，才能對警方那邊做交代。」

「那麼你去忙吧！」

「對了！方叔您何時離開？」吳法醫抓住這個大好機會提出邀請，「若不嫌棄的話，能否給個面子讓我請您吃個飯？有些事情想向您請教，畢竟要碰到大師您是多麼難得幸運之事。」

「哈哈！緣分很難得的是吧？」方群最受不了被人吹捧，樂得咧開嘴哈哈大笑，「我明天早上才離開，晚一點你若要找我，直接打手機找我……啊，你應該有我的手機號碼吧？」

「當然有，我們那一票人都還保留您的聯絡方式，只是一直不好意思打擾您。」

「那晚點再說，我先去看看我的貨物。」

方群抬了抬下巴示意，笑著目送對方朝他恭敬的敬禮離去後，這才往事故現場走去。

圍繞在屍體附近的除了紅眼怪客團的成員外，另外兩位則是貝兒卡的室友美美及莎莉。美美因為過於震驚而僵直身體，暫時動也不動站在一旁，莎莉則是臉色蒼白的勾著好友的手。

「爺爺，你快過來看看，她身上好像飄出一縷怪異的輕煙。」方馨萍舉起手想要觸碰那用肉眼看極為吃力的氣體，「死者的皮膚乍看無異，但五官周圍隱約透出中毒的色澤。」

方群瞇起眼睛觀看，新奇的景象讓他感到疑惑。他蹲到馬克蹲下身軀，就著輕煙的周圍閉起眼眸，微仰起頭彷彿在品嘗空氣中散發的氣味。

方群問：「馬克，能聞出什麼特別的嗎？」

「嗯……初聞應該是燃燒後的香灰，再來是一股類似蛋白發臭的味道，仔細聞隱約有淡淡微烤過的堅果香，代表是有殼的昆蟲類，再者昆蟲具有毒性……」

馬克嗅著鼻息間飄來的一縷輕煙，狹長眼眸閉起讓嗅覺更為專注，接著他鼻間忽然努動得異常快速，隨即睜開眼眸。

「方叔，輕煙中還帶了點您指甲的秘密材質，耐旱植物的氣味。」

「怎麼會呢……」方群不解的摩娑著下巴的幾根白鬍鬚。

「香灰、燃燒的有殼毒蟲、指甲秘密材質……指甲！」一個念頭忽地掃過腦海，讓在旁觀看的郝仁忍不住低吼一聲。

他看向方馨萍，問：「馨萍姐，妳不覺得馬克說的這些東西，和我們昨天在山區小屋裡看到的陣法感覺很類似？」

「嗯，我也正巧和你有相同的念頭。」方馨萍點頭靠近，「爺爺，你曾經跟我提過有關下降頭的五毒咒，能再多談一些嗎？」

「五毒咒嗎……」方群思考一下後回答：「據說是下降頭中最毒的一種，首先要找到五種毒物將之焚燒，並要得到受降者正確的生辰八字，若正好能在受降者生辰的當天下咒語，那麼威力就更為驚人！」

方馨萍好奇的再提出疑問：「所以，想要知道該陣法加害的人是誰，只要看八字便能知曉嗎？」

「可以這麼說。不過五毒咒這種陣法實在不常見，通常需要有高人指點，否則容易走火入魔。」方群撫了撫下顎說著。

「爺爺，其實我們昨天下山途中，剛好在一間小屋裡看到神壇上擺出一種類似五毒咒的陣法。不過我只是曾經聽你形容過，也不知我們看到的是不是……」方馨萍說著說著不免感到遺憾，「但可惜沒能讓爺爺看到，也就無法判定了。」

「哈哈！我就說我這人老是喜歡未雨綢繆，事先多想一點，遺憾也就少一些。」

聞言，郝仁得意的拿出手機，用手指滑了一下螢幕，「好在我離開前在那詭異的神壇前留念，除了自拍個一、兩張外，還順道拍了神壇上的鬼東西，讓我瞧瞧有沒有比較清晰的照片啊……哈，有了！老頭拿去看看！」

方群仔細看了一下照片，「沒錯，此陣法確實是五毒咒……不過你留影的照片中，應該沒有八字圖的部分吧？」

只見郝仁聳了聳肩，擺出一張臭屁的臉，並將手機搶回來繼續滑動螢幕。

「怎麼會沒有，光八字圖的部分我至少照了五、六張有……等等，讓我找張比較清楚的……哈！就是它了。好在老頭沒老花眼，看看這張能不能把哪位衰鬼的生辰八字看個仔細，我已經把照片放大些了。」

方群接過郝仁遞來的手機瞧看，難得點頭大大讚賞：「臭小子真有你的！誰還會想到在下降頭的陣法區內拍照留念，我看這種駭人聽聞的事也只有像你這樣的怪咖做得出來。」

「靠！不要顧著損人，重點是到底能不能看清楚啦？」

「你可以兼職去當攝影師了，角度找得好、解析度更是厲害。根據八字圖顯示，遭下降頭的人剛好昨天生日。」

此言論讓站在一旁觀看的莎莉忍不住驚呼出聲：「美美，跟妳一樣同天生日耶！」

「嗯，也跟阿春一樣同天生日。」美美點頭。

「妳們兩個還真不愧是超級好姐妹，同天生日未免太巧合了。」郝仁跟著回應。

方才他到現場看到昨晚宴會上稍微閒聊了一下的美美和莎莉，便關切一下她們和貝兒卡的交情關係，他才得知完美名模竟然有個如此鄉土可愛的本名——張春智。

方群繼續說：「八字圖上顯示，被下降頭的人是女性、未時生，大約下午一點到三點出生，昨日剛好滿二十四足歲。」

聞言，美美激動的開口：「跟我和阿春是一樣的八字，所以阿春會不會是被人下降頭害死的！」

「爺爺，圖像右邊的文字代表什麼意思？」方馨萍站在方群身後跟著觀看手機螢幕上的八字圖，不解的提出疑問。

方群解釋：「古老的象形文字，寫的呢就是被下降頭人的名字。」

「象形文字？那不就是鬼畫符一堆？看得懂才有鬼咧！」

郝仁咂了咂嘴，忽然想起一些關聯，說：「對了！記得昨天在山區，從神壇小屋出來的蒙面黑衣女人身形高䠷，走起路來很像在走伸展臺，搞不好是個模特兒也說不定。幹！可怕咧，這才是最真實版的名模生死鬥……」

他屏氣凝神的提問：「老頭，你快幫大家解答一下，那個被下降頭的人該不會超級巧合的姓張名春智？」

只見方群搖了搖頭，「遭下降頭的人不姓張，象形文字顯示的名字應該是林美盈小姐。」

「林美盈……張春智……唉呀！那可真的沒啥關係了。」郝仁吞了吞口水，心裡也清楚世上巧合哪來這麼多。

美美忽然爆出一句：「我、我的本名叫林美盈。」

「對耶！平常大家都叫妳的小名和藝名美美習慣了，我剛聽還覺得有點耳熟，卻一時沒想到是誰。」莎莉驚訝的點頭。

「雖然時辰相同，名字卻不一樣，為何離開人世的會是另外一位？」馬克蹙起眉心不解的問道。

「所以……原本對方是想置我於死地，而阿春只是代替我受死的嗎？到底是誰這麼殘忍？」美美掩面哭泣，身體止不住抖顫，若下降頭的咒法無誤，那麼現在躺在那裡的應該就是她自己。

「除非下降頭的陣法遭到破解，否則死者照理來說應該不會有變數才對。」方群為此也感到納悶。

方馨萍繼續追問道：「爺爺，那要如何破解下降頭的陣法？」

「你們在神壇上看到的那個甕，當時裡頭應該有五毒屍體的粉末以及符咒在燃燒，趁煙尚未熄滅時，放入下咒語者的貼身物品跟著燃燒，那麼即可破解，但原本應該發生的不測將有可能轉移到下降者身上。」方群就他所了解的下降頭知識一一的敘述。

「蛤？會不會是這個！」郝仁想到昨日的情景，「我昨天在神壇上看到一小片花俏的指甲，我就隨手把它丟入甕裡頭燒……想起來了，那花紋跟剛剛從老頭你頭上拿起來的一模一樣，難怪我覺得眼熟。」

「是這個沒錯吧？」馬克從褲袋內掏出方才留下的物品，並仔細端詳著，「看這尺寸，應該是小指對嗎？」

他走向屍體並蹲下高大的身軀。

死者的雙手往前面朝地，右手小指確實和其他指頭不同，呈現暗黃無光澤貌。

郝仁驚道：「靠！指甲真是貝兒卡的沒錯！我昨天看到的就是同樣的花紋，上面還有兩顆重疊的黑色小星星。」

方馨萍合理的推論整個事件：「所以我和阿仁在山上看到的黑衣人可能就是貝兒卡小姐，她想用五毒咒害死林美盈，卻遭阿仁無心丟了指甲入甕，意外破解了陣法。」

「不可能！我不相信！」美美雙手摀住耳朵連忙搖頭，「我和阿春是從小一起長大的好姐妹，她不可能會這樣對我！」

這時，一道小巧的身影忽然現身，以在場人壓根沒有機會阻止的速度，飛快的就著趴在地上的屍體來回飛躍。

「王子麵，你以為在跳格子喔！給我過來！」郝仁向前去一把抓住牠的頸部，將牠拎回懷中猛拍牠的臀部，「這笨蛋！沒聽過你們貓類跳過屍體會讓屍體暫時起死回生的傳言嗎？到時候嚇死自己都不知道！」

「方叔有聽過這樣的傳聞嗎？」馬克好奇問道。

「傳聞或許就是傳聞，我倒是沒見過。」方群用下巴指了指地上的屍體，「你看那位貝兒卡小姐似乎也沒動靜，不是嗎？」

「喵～」

「哇啊！又被這臭貓咬一口！」

郝仁甩了甩被咬痛的手，並朝逃竄而出的小巧身影狂吼：「下次最好不要被我抓到，否則把你的毛全拔光！痛死了！死王子麵……」

正當郝仁連聲咒罵之際，忽然環繞音響先是發出一陣刺耳的機器摩擦聲響，接著出現女性啜泣的嗓音。

「對、對不起……美美……對不起……」

「見鬼了，原來貓跨過屍體那傳言不是唬爛的！」郝仁摳了摳耳朵，覺得那道聲響刺耳得像指甲刮過黑板的聲音。

「阿春！是妳嗎？」美美目光環繞周圍，雖然看不到好友的身影，卻感覺得到她在自己的身邊。

方馨萍冷淡的提出重點：「哭無法解決一切，既然貝兒卡小姐暫時回魂，那麼是不是該解釋一下整件事的來龍去脈！」

「我……我……」

「不要吞吞吐吐浪費時間，既然錯誤已造成就要有膽承擔，妳剩下的時間不多，而且也有義務把事情做個完整的交代。」

「馨萍姐妳幹嘛？有必要那麼凶喔？我來！」

郝仁輕推了方馨萍一把，在她不悅的目光瞪來時雙手合十做出求饒狀，並悄聲在她耳邊說：「人家都走了，幫幫忙仁慈點啦！」

「咳！」他清了清喉嚨後開始詢問：「女神別難過了，能不能跟我們說一下，在山區神壇擺出五毒咒陣法的人是妳嗎？」

「嗯，是我。」

「為什麼？」

「唉！所以說人要莫忘初衷……」空靈聲響充滿感嘆的語調，「阿仁，能不能問你，你目前最大的願望是什麼？」

「最大的願望啊……怎麼突然考我這個？有很多耶……賺很多很多的錢、把一個超級辣妹……啊！這個好了，我希望成為靈界留名青史的偉大人物，雖然離這步還差得遠，不過成了我個人最想達成的目標。」

「那麼，如果有人說能夠讓你在最短的時間內達成夢想，但代價是用一個重要的東西去換取，你會願意接受嗎？」

郝仁納悶的問：「重要的東西……妳是指器官之類的嗎？還是少了頭髮、手腳之類的？」

「如果說回憶呢……每當想起過去任何一段重要的回憶，那個回憶就將屬於別人，徹底從你的腦海消失殆盡，直到死前那一刻才會全部回來。」

郝仁當場跳腳，「靠！什麼爛交易！如果我會想起的回憶，肯定是最重要或者最美好的過往，就算傷心的過去，事後回想起來都有可能忍不住會心一笑。如果連回憶都沒有的人，是要怎麼生存？活著有意義嗎？」

「唉，真的無法生存……如果失去了過去的重要回憶，就等同逐漸遺忘那些曾經對你而言重要的人，比如說最愛的家人、最親密的朋友……」

「我曾對模特兒這事業感到疑惑，總覺得這個行業不知能做多久……有時候受到廠商青睞拍攝廣告，但等下一個通告又要等上好久……就這樣來回之間，我曾經受人指點，找到一位大師，他說能讓我如願站在世界頂端，但條件是奪取我未來想到的每一段重要回憶……」

「蛤？這麼噁爛的條件，女神妳還真的可以接受？」郝仁吃了一驚。

「就如你們大家看到的，我在這行的確站上了最頂端，享受一切我所寄望的榮華富貴……但遺憾的是，我也失去了深藏在心底……那些最不該被遺忘的回憶。」

「雖然我的事業如日中天，但因為吸毒，身體出了些狀況，再加上聽說有些廠商要求換掉我的代言，轉而找美美……正覺得煩心時，意外得知有種下降頭謀害他人的方式，只要布下陣法，便能神不知鬼不覺的取走一個人的性命。」

郝仁問：「所以妳用五毒咒想要害死美美？」

「嗯，我很壞心對吧！原來爭權奪利的想法真的會讓一個人徹底失心瘋，我到現在都還不敢相信自己竟然有勇氣布下如此可怕的陣法……更何況少了回憶，我壓根忘了自己和美美是最好的……最好的……唉……」

郝仁又問：「所以，我和馨萍姐當時在山上看到的那位，戴著面具和穿著一身黑色披風的人，真的是妳？」

「嗯。下降頭的師父指點我，說要收集五毒去那座山比較容易。」

郝仁摸摸下巴，「難怪那裡一路上都是毒蛇、蠍子、毒蛙什麼的……」

「阿春妳不要再說了！我認識的阿春不可能會這麼做！」美美實在不願意相信這個可怕的事實。

「我喜歡的男人愛上了妳，我的工作也漸漸的即將被妳取代。雖然我們情同姐妹，但為何妳會一直緊追著我不放？有時候不免覺得壓力好大。」貝兒卡難得說出心裡話。

美美搖了搖頭，「阿春，其實阿翔並沒有愛上我，而是想從我身上找到那個以前他曾經喜歡過的妳。」

阿翔是貝兒卡的初戀男友，初來到城市時她常去一家飲品店消費，認識那家小店的老闆，兩人很快陷入熱戀。

莎莉接口為美美澄清：「沒錯！妳別誣賴美美，阿翔有說他當時喜歡妳那種單純的感覺，但沒想到妳走紅後完全變了樣，我想他會覺得自己遇到詐騙集團。」

想到在家鄉企盼的長輩，美美心痛的說：「還有阿春，妳舅舅很傷心，覺得妳好像想要和他們斷絕關係。他都不敢跟妳外婆說……」

「哪有斷絕關係！我不是曾經匯了兩筆鉅款回家嗎？那些錢絕對可以讓他們吃香喝辣！」

「阿春，妳舅舅是那種人嗎？我們從小一起長大，雖然照顧妳的是外婆，但妳舅舅幫助妳不少，再說他木訥誠懇的性格妳會不清楚嗎……從妳口中聽到這些，讓我對妳好失望。」美美蹙著眉心，激動的說著。

「哼！我就是討厭人家說我來自鄉下，那會讓我感覺矮人一截……所以當時大師要我放棄過去的回憶，我便毫不考慮答應。」

「阿春，妳……唉……」美美深深嘆了一口氣。

空靈的嗓音迴盪在整個室內空間，「不過也好，有人無意間破壞了我的陣法。如果真讓妳走了，我回去要怎麼向妳的爸媽交代？我是絕對沒辦法應付這種哀戚的場面。」

「所以阿春，妳是真心想害死我嗎？」美美終於說出自己不想承認的事。

「嗯……人被利慾薰心或許就像我這副模樣吧，我討厭妳那總是柔和不帶攻擊的性格，好像什麼都不強求第一。比起我們這種為了占上風而不斷向前衝、甚至不擇手段的人，偶爾回頭卻發現默不吭聲的妳竟然就在我身後，好像隨時都會追上來一樣……我喜歡妳，但又討厭緊追在後的妳，心裡好矛盾。」

「阿春……妳真的太傻了……」美美心痛得淚流不止，也終於明白這兩年好友為何如此怪異的原因。

「美美，說真的……很對不起。我外婆這兩年多來都是妳在照顧，我甚至忘記有這麼重要的人存在……其實，像我這種忘恩負義的人離開人世也好。」

美美又哭又氣，「阿春，妳太過分了！妳就這樣走了，要我怎麼回去跟最愛妳的外婆交代？我不能……我絕對無法面對婆婆的表情！」

「美美……雖然我很壞心，但我只剩下妳了，只有妳在我最沒人性的時候都還不願放棄我……外婆那邊拜託不要跟她說實話，說病死、被車撞死或者怎麼都好，只要是妳說的話，她老人家一定會相信……我不想讓她知道，她的孫女是個為了名利都能夠出賣自己靈魂的惡人，畢竟在她眼中，我還是當初那個單純可愛的小阿春。」

「阿春……我好捨不得。妳就像我心頭的肉，割捨掉會痛……」知道人死不能復生，但她還是希望阿春可以好好活著。

「傷口總有一天會復原的，再說……上天絕不可能原諒我這種為了名利，連好姐妹都可以下毒手的人……」

「還有莎莉，我對妳也很抱歉。當時妳勇敢的為兩個來自鄉下的土包子出面，並不吝嗇在培訓期間給我們最多的幫助……雖然我搞砸了一切，但在心底深處妳永遠是那個笑容最燦爛的恩人。」

「總之，是我對不起妳們，所以……」

空靈的嗓音忽地戛然而止。

「蛤？怎麼沒聲音了？」郝仁還跑向掛在牆邊離他最近的音箱確認，就在他耳朵靠近時，音箱又發出刺耳的聲響。

「靠！差點沒聾！」他趕緊離開音箱，不斷揉了揉有些刺麻的左耳。

「時間快到了，能回魂的時間本來就不長。」方群就著空氣問：「所以貝兒卡小姐，趁最後一點時間，有什麼心願趕快交代吧。」

「請問……在我魂魄還有意識的時候……能夠隨心所欲去我想去的地方嗎？」

「照理來說應該可以，不過妳的靈魂比較特殊，畢竟曾經和降頭師做過協議。沒關係，先讓我來瞧瞧！」

方群從背袋中掏出一只小瓶子，拔開軟木塞、倒出紫色濃稠的液體於掌心上，然後靠近屍體蹲了下去，伸手將掌心貼在屍體的頸部。

神奇的是，不到三秒的時間，沾在屍體頸部的紫色液體瞬間往皮膚內部滲入直到消失殆盡，然後原本無瑕的肌膚浮出了一道類似羽毛狀的花紋。

「結果非常遺憾。」方群將瓶子收回袋子裡，透過檢測後結果如他所預料，「貝兒卡小姐的魂魄遭到封印，也就是死後無法輪迴投胎，也沒法暫時去到想去之處，不久後便會魂飛魄散。」

「為、為什麼？」美美比死者更為激動。

「降頭師其實通常都是在人格上有缺陷者，魔化後便找機會想要彌補在魔化前未被滿足的那塊。我想貝兒卡小姐找到的這位，恐怕以前曾經擁有的都是痛苦的回憶……話說回來，降頭師在交易時沒有事先說明的是，一旦交易開始，身體的頸部便會烙下封印的痕跡，當下這個人也被魔化了。」方群指著貝兒卡屍身的頸部。

「那請問方叔，有什麼補救的方法嗎？」莎莉著急的問。

方群解釋道：「唯一能夠讓魔化的人復活的方法，就是找到曾經和他交易的人，拜託他讓妳成為真正的魔，妳就能夠像他一樣修煉壯大自己的法力，在一次一次的交易中奪取別人珍貴的東西。」

「我不要……我寧可魂飛魄散、永世不得超生，也不願意再當那種苟且偷生、殘害他人的敗類。」

貝兒卡有感而發，雖然後悔，卻也知道一切已經來不及。

「名利真的好可怕，我為了站在世界最頂端而迷失心志，卻從沒想過代價竟是如此悲慘……我最後的盼望是希望在消失前能夠回到我的故鄉，想要見我最愛的外婆一面……還有，回到我和美美的秘密基地，那個屬於我們童年最美好回憶的平臺，我想坐在那邊吹吹風……」

「老頭，真的沒辦法了嗎？」郝仁忍不住問，卻見方群無奈的搖了搖頭。

忽地，貝兒卡趴在地面的身體起了變化，自她身上爬出了千百隻的毒蠍、毒蛇等毒物，嚇得大夥兒驚慌失措。

「大家不用害怕，這些毒物只是幻象，並不會真的傷害人，這代表封印即將啟動……」方群手指向了正在抖顫的屍體要大家注意，「你們看，開始了。」

「請問方叔大師，阿春她會怎麼樣？」美美激動的問。

「真正的死期才是現在，封印一旦啟動，若她的心智不接受魔化，那麼不久後屍體便會被上萬隻毒物的幻影啃食殆盡，連一根骨頭都不剩。」

「啊！這怎麼可以？」美美抬起右腳，躲過那雖然只是幻影卻依然覺得可怕的毒蛇，淚水又流了下來，「阿春已經死得很慘了，難道我們不能讓她好走嗎？拜託大師們想想辦法！」

莎莉也跟著誠心乞求，「是啊！拜託拜託！即便她曾經走偏方向，但在最後一刻真心悔改，難道沒有什麼解決的方法嗎？請你們幫幫忙吧！」

方群依然只能嘆氣搖頭，「我也很想幫忙，畢竟這種消失人世的方法太過殘忍，但遺憾的是，我真的無能為力。」

「老頭，那麼安魂曲呢？如果我為貝兒卡小姐唱一首安魂曲，不知有沒有幫助？」郝仁提議道。

方群撫了撫下巴，「這辦法或許會有用處。安魂曲本身就具有未知的神奇力量，雖然人不可能死而復生，但至少免除她被毒物侵蝕殆盡，應該還有機會……事不宜遲，你就快點展現你那強大的安魂力量！」

「你們大家放心，這裡有我在，很快就會沒事的。」

郝仁自信的說著並捲起衣袖靠近屍體，雖然現場瀰漫一股濃濃的哀傷氛圍，但他卻反而有股意氣風發的榮耀感。

他知道當他體內發出那股不可思議的能量，安定死者的靈魂後，現場便會揚起一陣熱烈掌聲；再者，消息必定傳回靈界，他郝仁的名氣只會越來越響亮。

他從沒想過自己會如此享受沉浸在掌聲中，內心發出強烈得到注視與景仰的渴望。

「請賜與我力量，願貝兒卡小姐能夠安息……」

郝仁彎下身軀，握著貝兒卡的小手，溫柔的低喃著，正等待自己體內的力量爆發；但奇怪的是，今天沒有往常那種蓄勢待發的感覺，源自於體內某種如火山爆發滾燙的熱度也尚未湧現。

——怪了！怎麼會這樣？一點感覺也沒有！

「請賜與我力量，願貝兒卡小姐能夠安息……」郝仁再重複一次，深吸一口氣壓抑住紊亂的心跳。

——快啊快啊！可千萬不要讓我漏氣！

「怎麼了阿仁？身體不舒服嗎？」

馬克似乎察覺到不對勁，自郝仁的額際冒出豆大汗珠，臉部線條顯得格外緊繃，這和他每一次見識到進行安魂時那種祥和安定的氛圍不大一樣。

——完蛋了！完全使不上力來。

郝仁緊閉雙眼，在心裡不斷哀號著。

他不想睜開眼面對大家失望的神情，更無法接受原本能夠成為英雄的時刻瞬間成為狗熊；要是消息傳回了靈界，又會得到什麼樣的評價？

「啊！毒蠍在咬阿春的身體了！」美美發現到可怕的狀況發生，她手伸了過去不顧安危的想要將毒物趕走，卻根本碰不到任何東西。

「封印開始發威了。美美小姐，那些毒物看得到卻摸不到，都只是種意象，想趕也趕不走的！事到如今恐怕是來不及了……」

「阿春……我真的不想看妳這樣離去……」美美看著好友遭毒物啃食的身體在快速的

消失，半張臉不見後手腳也跟著被啃蝕，「為什麼妳要這麼傻……為什麼妳……」

美美無法接受這個噩耗，不支倒地。

「美美別這樣！」

莎莉接住好友癱軟的身體，正好趕來現場的方勤克也幫忙扶住美美。方馨萍淡淡的揚起嘴角，「帶她去別的地方休息吧，親眼看見好姐妹承受如此悲慘的遭遇，對她來說實在太殘忍了。」

「嗯，那這裡就交給你們了。」莎莉看向方勤克，向他請求道：「大師，幫忙把美美抱起來送回我們的房間好嗎？」

「嗯。」方勤克微微點頭，表情凝重，「我們走吧！」

這就是為何方勤克一直無法熱情參與美屍坊工作的原因，時常面對這種悲痛的畫面，不是一般正常人的情緒能夠負荷。

他不得不打從心裡佩服這一行人，能夠面對常人不堪負荷的場面，並且平心靜氣的處理做判斷，事過境遷後回到家中便能立刻回復，大口吃肉、暢快飲酒，這需要何等寬大的心胸？

「阿春，永別了……」

莎莉跟著方勤克身後準備離開之際，忍不住再一次回首，就算趴在地面殘留的已經是不堪的畫面。她深深嘆了一口氣，激動驚嚇的情緒此刻才得以回復鎮定，隨即眼角的淚水不由自主的流了下來。

「唉……」她轉身擦掉眼淚，加快步伐跟上前去，不想再面對這樣的場景。

現場徒留一陣尷尬的情緒，原本郝仁握住的手也已經消失，但他的手卻維持原狀動也不動。

方群開口勸誡道：「起來了！人已經完全消失，你就不要在那邊感到愧疚。法力偶爾使不上來那是很正常的事，你要試圖接受這種情況，因為不是每一次都能如你所願。」

「阿仁，貝兒卡小姐不會怪你的，畢竟你有心要幫助她、並且盡了最大的努力，只要有這份心意就足夠了。」方馨萍也跟著開口安撫。

郝仁暫時聽不進任何勸說的話語，他緊閉著雙眼、表情痛苦，掄緊的拳頭因過於用力，手背直冒青筋。

「原來那不是夢……原來我真的有使不上力的一天……」

在夢裡書生的茅草屋外，他也是抓著怪物的腳想要為牠安魂，卻失去法力。

夢中他救不了小怪物，現實中他也幫不了貝兒卡……

「阿仁……你還好嗎？」馬克見他低頭著喃喃自語，情況很不對勁，便拍了拍他的肩膀關心詢問。

忽地，郝仁睜開右邊眼眸，平日嬉鬧戲謔的神情不在，取而代之的是憤怒與絕望。他起身推開前方的馬克，就這樣邁開步伐離開這個是非之地。

「阿仁他？」

馬克難以形容自己方才對上了一雙極具震撼的眸子，雖然只有一隻眼，但他說不上來那種感覺，似乎非人類的眼神，比較像是……獸！

「隨他去吧！現在多說什麼他也聽不進去，就讓他一個人靜靜。」方群目送那倉皇離去的背影有感而發。

馬克嘆道：「我能體會那種使不上力的感覺，原本擁有的能力到了需要展現時卻全然消失，那就彷彿從天堂跌落地獄……只希望阿仁能很快爬起來，不要從此一蹶不振。」

◆※◆※◆※◆

「新聞快報：當紅寶貝名模貝兒卡日前參加知名品牌CICI香水年度代言人選拔賽時不慎墜樓，經警方證實為意外身亡。貝兒卡所屬的元田星經紀公司發出聲明稿，說明貝兒卡已經由家屬決定火化處理，影迷們可至元田星總部一樓設置的靈堂為貝兒卡上香……」

「唉……人生真是無常。」馬克深深嘆了一口氣。

「能怎麼辦呢？人都往生了。」郝仁與馬克並肩坐著，忍不住多次搖頭。

他頭戴鴨舌帽，帽簷刻意壓低。沒能替貝兒卡安魂的這個恥辱讓他感到心口破了個洞，有種沒臉來此的心虛感。

今日是名模貝兒卡的公祭之日，郝仁及馬克因為猜拳輸了便代表出席。他們昨日一早便搭飛機出發，好不容易到達五堂山後，還得轉乘三個半鐘頭的客運來到傳說中美麗的鴨兒村。

公祭地點選在鴨兒村村公所前的大廣場，臨時搭建的棚內聚集了眾多村民。公祭的主持人為貝兒卡的經紀人小許，現場瀰漫著哀戚的氛圍。

「阿仁，法力施不上來的事，你已經釋懷了嗎？」馬克小心翼翼的詢問，深怕踩到他傷口。

「怎麼可能！那種丟臉丟到家的事情忘得了才有鬼。」郝仁蹺著二郎腿微微抖動著，腦中不斷回想當下的情況，「我後來仔細想想，當天身體有種超怪的感覺，明明應該使得上力，可不知為何體內莫名其妙出現一股抗拒的拉力……該怎麼形容……嘖！該不會我身體裡住著什麼妖魔鬼怪吧？」

「你就別多想了，方叔不是說過法力偶爾無法施展是常有的事。」

「哼！心裡超不爽！」郝仁雙手環胸冷哼，「原本至少能夠保住貝兒卡小姐的遺體，結果竟然搞到連一根骨頭都不剩。」

「因為我認為沒那必要。」

「幹！怎麼會沒必要！」郝仁驀然大吼，引來坐在附近正專心聆聽主持人讚揚亡者生前事蹟的村民們側目。

「怎麼了阿仁？」馬克帶著歉意的向投射過來不友善的目光一一微笑頷首後，壓低嗓音詢問坐他右方的郝仁。

「馬克，你剛才有聽到什麼奇怪的聲音嗎？」

馬克搖頭回答：「沒有。」

「怪了！可能是長途舟車勞頓的疲累讓我耳朵出現幻聽。」郝仁搔了搔頭自我解嘲道，但耳邊卻又出現一道低沉的聲響。

「並非所有做錯事的人都能夠被原諒，你是好人，但不該當爛好人。」

「等等！這下你總該聽到聲音了吧？」郝仁用手肘推一下友人的手臂，身體起了一陣雞皮疙瘩。

「阿仁，你到底聽到了什麼怪聲？」馬克清楚郝仁不是造謠之人，但他確實只有聽到主持人的聲音，以及帶著淡淡哀傷的背景音樂。

「沒事……沒事……」郝仁掏了掏耳朵，覺得事有蹊蹺，回美屍坊後他該去醫院報到，檢查看看耳朵是不是哪裡出了問題。

「阿仁你看，那位不是貝兒卡小姐的朋友嗎？」

郝仁順著馬克視線的方向看去，正好看到一抹身穿素面黑洋裝的身影站在角落邊。她臉色蒼白，原本美麗的眼眸哭得像是核桃般紅腫。

「沒錯！是名模美美小姐。啊！她怎麼好像要離席的樣子，公祭流程還沒結束咧。」

「她們從小一起長大，培養出像姐妹般親密深厚的情感……發生這個意外事件，對美美小姐而言肯定打擊不小，或許她承受不了這種悲傷的場面吧。」

郝仁感同身受的點了點頭，暫時將先前身體出現的異狀拋諸腦後。

「嗯……讓她去吧，往後心裡的傷口要癒合還得花上一段很長的時間……」

◆※◆※◆※◆

午後的鴨兒村陰雨綿綿，空曠的平臺處瀰漫著揮散不去的濃霧。

大石塊上，彷彿短暫出現兩道坐著嬉鬧的俏皮身形，接著畫面重疊浮動後，徒留一抹纖細柔美的背影，孤單的坐在石塊的右方，另一邊則放了一塊草莓蛋糕。

「阿春，我們回來了……回到我們的秘密基地……」

《紅眼怪客團之模特惡》完

敬請期待《紅眼怪客團04》精采完結篇！

飛小說系列 110

紅眼怪客團 03

紅眼怪客團之模特惡

出版者■典藏閣
作　者■天馬　　繪　者■CHI77
總編輯■歐綾纖　　企劃主編■PanPan
製作團隊■不思議工作室
郵撥帳號■50017206 采舍國際有限公司（郵撥購買，請另付一成郵資）
台灣出版中心■新北市中和區中山路2段366巷10號10樓
電　話■(02)2248-7896　　傳　真■(02)2248-7758
物流中心■新北市中和區中山路2段366巷10號3樓
電　話■(02)8245-8786　　傳　真■(02)8245-8718
ISBN■978-986-271-531-4
出版日期■2014年10月

全球華文國際市場總代理／采舍國際
地　址■新北市中和區中山路2段366巷10號3樓
電　話■(02)8245-8786　　傳　真■(02)8245-8718

新絲路網路書店
地　址■新北市中和區中山路2段366巷10號10樓
網　址■www.silkbook.com
電　話■(02)8245-9896
傳　真■(02)8245-8819

線上總代理：全球華文聯合出版平台
主題討論區：http://www.silkbook.com/bookclub　◎新絲路讀書會
紙本書平台：http://www.silkbook.com　◎新絲路網路書店
瀏覽電子書：http://www.book4u.com.tw　◎華文電子書中心
電子書下載：http://www.book4u.com.tw　◎電子書中心（Acrobat Reader）

☞您在什麼地方購買本書？☜

1. 便利商店(＿＿＿＿＿市／縣)：□7-11　□全家　□萊爾富　□其他＿＿＿＿＿＿

2. 網路書店：□新絲路　□博客來　□金石堂　□其他＿＿＿＿＿＿

3. 書店(＿＿＿＿＿市／縣)：□金石堂　□誠品　□安利美特animate　□其他＿＿＿＿

姓名：＿＿＿＿＿＿地址：＿＿＿＿＿＿＿＿＿＿＿＿＿＿＿＿＿＿＿＿＿＿＿

聯絡電話：＿＿＿＿＿＿＿＿　電子郵箱：＿＿＿＿＿＿＿＿＿＿＿＿＿＿＿＿＿＿

您的性別：□男　□女　　您的生日：西元＿＿＿＿＿年＿＿＿＿＿月＿＿＿＿＿日

（請務必填妥基本資料，以利贈品寄送）

您的職業：□上班族　□學生　□服務業　□軍警公教　□資訊業　□娛樂相關產業

□自由業　□其他＿＿＿＿＿＿

您的學歷：□高中（含高中以下）　□專科、大學　□研究所以上

☞購買前☜

您從何處得知本書：□逛書店　□網路廣告（網站：＿＿＿＿＿＿＿＿）　□親友介紹

（可複選）　□出版書訊　□銷售人員推薦　□其他＿＿＿＿＿＿＿＿＿＿

本書吸引您的原因：□書名很好　□封面精美　□書腰文字　□封底文字　□欣賞作家

（可複選）　□喜歡畫家　□價格合理　□題材有趣　□廣告印象深刻

□其他＿＿＿＿＿＿＿＿＿＿

☞購買後☜

您滿意的部份：□書名　□封面　□故事內容　□版面編排　□價格　□贈品

（可複選）　□其他

不滿意的部份：□書名　□封面　□故事內容　□版面編排　□價格　□贈品

（可複選）　□其他

您對本書以及典藏閣的建議＿＿＿＿＿＿＿＿＿＿＿＿＿＿＿＿＿＿＿＿＿＿＿＿＿

＿＿＿＿＿＿＿＿＿＿＿＿＿＿＿＿＿＿＿＿＿＿＿＿＿＿＿＿＿＿＿＿＿＿＿＿＿

＿＿＿＿＿＿＿＿＿＿＿＿＿＿＿＿＿＿＿＿＿＿＿＿＿＿＿＿＿＿＿＿＿＿＿＿＿

未來您是否願意收到相關書訊？□是　□否

感謝您寶貴的意見

印刷品

$3.5
請貼
3.5元
郵票
不思議信箱
FUSIGI POST

235 新北市中和區中山路二段366巷10號10樓

華文網出版集團　收

（典藏閣－不思議工作室）

紅眼怪客團之模特惡